COLEÇÃO CLÁSSICOS DE OURO

Oscar Wilde

O FANTASMA DE CANTERVILLE
E OUTROS CONTOS

TRADUÇÃO E INTRODUÇÃO *Otto Schneider*

PREFÁCIO *Mariana Ianelli*

5ª EDIÇÃO

EDITORA NOVA FRONTEIRA

Título original: *The Canterville Ghost and Other Stories*

Editora Nova Fronteira Participações S.A.
Rua Candelária, 60 — 7º andar — Centro — 20091-020
Rio de Janeiro — RJ — Brasil
Tel.: (21) 3882-8200

Imagem de capa: Edwin Remsberg – Getty Images

CIP-Brasil. Catalogação na fonte
Sindicato Nacional dos Editores de Livros, RJ

W662f

Wilde, Oscar, 1854-1900
O fantasma de Canterville e outros contos / Oscar Wilde; tradução Otto Schneider ; prefácio de Mariana Ianelli. – [5. ed.] – Rio de Janeiro: Nova Fronteira, 2021. – (Coleção Clássicos de Ouro).
160 p.

Tradução de: The Canterville Ghost and Other Stories
ISBN: 978-65-564-0227-7

1. 1. Ficção irlandesa. I. Schneider, Otto. II. Título III. Série.

17-40357 CDD: 828.99153
CDU: 821.111(41)-3

Sumário

Prefácio
Oito histórias para uma só voz

> "Ressuscitado hoje, nestes neovitorianos dias, tão hipócritas e dissolutos como os originais, Oscar Wilde teria de ser silenciado de novo."
>
> Possidônio Cachapa

Há uma leitura recorrente que se faz de Oscar Wilde, baseada nas reviravoltas da última fase de sua vida: a prisão, a desonra, o abandono. Paralelamente à fama das peças que o autor escreveu nesse período, e do longo poema final de 1898 ("Balada do cárcere de Reading"), corre a fama da obra em que se tornou sua própria vida.

O espelhamento entre palco e mundo, vida e literatura, parece de fato inevitável neste caso, como extensão de sentido da "arte de viver", uma ideia insistentemente perseguida por Wilde em seus textos. Entusiasta do esteticismo, escândalo vivo da sociedade vitoriana feita alvo de seus mordazes aforismos, ele aproveita cada oportunidade literária para dar palco a suas reflexões apaixonadas, hilárias ou paradoxais sobre o bem e o belo, o amor e a morte, moral social e indivíduo, desejo e destino.

O crítico Tzvetan Todorov já bem observou que esse é um escritor de uma só voz, "a que ele escolheu assumir: a voz de um homem de espírito que se exprime indiferentemente mediante seus poemas ou contos, estudos ou aforismos". É essa voz que o leitor encontrará em *O fantasma de Canterville e outros contos*, antecedendo o aparecimento de sua "doutrina da beleza" em *O retrato de Dorian Gray*. Uma voz que põe à prova a ideia de uma vida bela como uma boa vida.

Temos aqui farto material, ora próximo da parábola, ora próximo da alegoria, misturando elementos míticos e bíblicos, personagens de uma aristocracia derrisória, atada a ruínas e fantasmagorias, e personagens fabulosos, mortalmente varados de amor e piedade. Temos a beleza grega desenhando-se nos personagens de Sybil e do pescador. O mendigo e o eremita, presentes nesses (e em outros) contos de Wilde, como esfinges no meio do caminho, figuras-chave de provação ou salvação, portadoras do destino. Fala uma alma pervertida, separada de seu coração, falam também um rouxinol e uma andorinha que por amor se sacrificam.

Em todos esses contos são postas em jogo a vida e a alma humana diante de princípios e valores, recorrendo Wilde a formas narrativas que desembocam numa moral final, por exemplo, a de que "beleza física e beleza moral não se dão forçosamente juntas", como menciona Todorov. E o que o autor nos dá, nessas histórias cheias de peripécias, além de sua célebre verve sarcástica, são também momentos de inegável lirismo. Como, em "O pescador e a sua alma", as estranhas flores brancas no altar da capela, que inebriam o padre mudando-lhe a homilia da ira de Deus para o Deus do amor. Ou a andorinha, em "O Príncipe Feliz", em seu sonho de viagem pelo Egito e seu diálogo com o junco e a estátua.

O grande aforista, com seu hedonismo, sua crítica social e seu esteticismo, será fácil para o leitor reconhecê-lo a cada página. Afinal destacadas de um conto e outro, certas frases de seus personagens poderiam estar (e de fato estão, em termos muito parecidos) entre as famosas máximas de Wilde. Por exemplo: "nada se parece tanto com a inocência como a imprudência"; "as coisas interessantes nunca são corretas"; "o mundo é um palco, mas o elenco é mal escolhido"; "qualquer um pode ter bom senso, contanto que não tenha imaginação"; "é muito perigoso conhecer os nossos amigos".

"O fantasma de Canterville", "O crime de Lorde Arthur Savile" e "O modelo milionário" são três narrativas que se distinguem do conjunto, aparentadas entre si pelos respectivos subtítulos, de cariz ensaístico: "Romance idealista", "Um estudo do dever" e "Um preito de admiração". Nesses textos, especialmente, encontramos os elementos temáticos e tipos que forjarão anos mais tarde *O retrato de Dorian Gray* em seu programa estético de vida.

Dentre os contos alegóricos, um destaque para "O foguete notável", que nos faz experimentar um riso verdadeiramente contemporâneo, no contexto geral das pirotecnias literárias. É esse eterno provocador, autor de peças e aforismos mais que vivos, que circula à vontade por estas páginas. É também aquele ensaísta e lírico, poeta e fabulador, que permanece conosco depois de fechado o livro, em imagens como a de uma rosa encarnada que um carro esmaga numa valeta ou de um coração de bronze e um pássaro morto, juntos num lixo, como as duas coisas mais preciosas de uma cidade, enfim recolhidas para os jardins de Deus.

Mariana Ianelli
Escritora e crítica literária

Oscar Wilde (1856-1900)
Traços biográficos e literários

Oscar Fingali O'Flahertie Wills Wilde nasceu em Dublin (Irlanda), a 15 de outubro de 1856. Seu pai era médico. Sua mãe, poetisa e jornalista.

Frank Harris observou certa vez que "a maior obra de Oscar Wilde foi a sua própria vida: uma tragédia em cinco atos, com ressonâncias gregas, da qual foi ele mesmo o mais ardente espectador".

Enquanto frequentava a Royal School, de Enniskillen, desde os dez anos, Wilde amava a solidão, detestava toda forma de exercícios e refugiava-se na poesia e nos clássicos gregos. Nem por isso seu estudo sofria, e, embora parecesse pouco aplicado, sempre tirava as maiores distinções. No Trinity College, de Dublin (1871-1873), além de outros prêmios, mereceu a medalha de ouro por seus conhecimentos de grego.

Os próximos quatro anos, que contam entre os mais felizes de sua vida, passou-os em Oxford, onde se tornou um apóstolo do Movimento Estético, que pregava a revolta contra o maneirismo convencional na arte e nas letras. Em 1876, depois de conquistar as mais elevadas láureas acadêmicas, visitou a Itália, sendo recebido em audiência pelo papa. No ano seguinte, foi conhecer a Grécia.

No segundo ato, Wilde apareceu em Londres, dando largas às suas fúrias iconoclastas e rebelando-se enfaticamente contra o mau gosto e a mediocridade nos domínios da arte. Aos 26 anos (1882) quis conhecer a América do Norte, onde realizou uma série de palestras, sempre brilhantes, que causaram enorme sucesso. De regresso à Europa, passou alguns meses em Paris, em contato com os maiores vultos daquele tempo: Mallarmé, Verlaine, Zola, Paul Bourget, Victor Hugo, Degas e Pissarro.

Em 1883, foi assistir em Nova York à estreia de sua peça *Vera*. Casou-se no ano seguinte com Constance Lloyd, filha de rico advogado de Dublin, e fixou residência em Londres. Tiveram dois filhos, Cyril e Vyvyan, nascidos em 1885 e 1886, e que, após a tragédia na vida do pai, mudariam seu nome Wilde para o de Holland.

Entre 1887 e 1888, Oscar Wilde publicou "O crime de Lorde Arthur Savile", "O fantasma de Canterville" e *O Príncipe Feliz e outras histórias*, este último, até hoje, um dos livros mais apreciados por crianças e adultos.

O cenário do terceiro ato foi novamente Londres, quando Wilde, entre 1890 e 1895, guindou-se às culminâncias da glória literária. Apareceram nesse período, além de outras obras, seu único romance, *O retrato de Dorian Gray*, a tragédia *Salomé* (cuja impressão não foi permitida na Inglaterra, sendo publicada na França e representada por Sarah Bernhardt em Paris), as duas comédias *Um marido ideal* e *Uma mulher sem importância*, assim como *A esfinge*, por muitos considerada sua obra-prima.

Sobreveio então a catástrofe, em 1895, começando com ela os dois últimos atos. Após rumoroso processo, Oscar Wilde foi condenado a dois anos de trabalhos forçados. Sua fama, que havia sido como um meteoro, subitamente ruiu por terra. A sociedade, que o havia adulado, achava imoral a simples menção do seu nome. Os editores, antes pródigos em homenagens ao jovem poeta, negavam-se a vender suas obras.

"Entre a fama e a infâmia não há mais que um passo, e talvez menos", escreveria Wilde em *De Profundis*, na prisão. E caindo em si: "Por terrível que haja sido o que o mundo me fez, o que eu fiz a mim mesmo foi ainda mais terrível (...) Farto de me ver nos píncaros, desci deliberadamente às profundidades em busca de sensações novas. O que para mim, na esfera do pensamento, era o paradoxo passou a ser a perversidade na esfera da paixão. Afinal, o desejo converteu-se numa enfermidade ou numa loucura, ou em ambas ao mesmo tempo (...) Agora, só me resta uma coisa: a humildade absoluta."

Posto em liberdade, a 19 de maio de 1897, contando então 41 anos, e distante apenas três da morte, Wilde não se iludia sobre a completa impossibilidade de recomeçar a vida na Inglaterra. Foi viver primeiro em Dieppe, temporariamente na Itália e finalmente em Paris. Mas só duas obras, dois documentos de imensa força e beleza, foram posteriores à sua condenação: *Epistola in Carcere et Vinculis*, mais conhecida como *De Profundis*, e "Balada do cárcere de Reading".

Pobre, alquebrado, inimizado, Oscar Wilde não se recuperaria mais. "Deliberei vestir-me de tristeza como um rei se veste de púrpura (...) Sei que me esperam lágrimas nas pétalas de uma rosa."

Dali até o fim foi o que se sabe: hotéis de quinta categoria em Paris, absinto em doses crescentes e então a solitária morte, por meningite cerebral, a 30 de novembro de 1900. Ao seu leito, nem a mulher nem os filhos, ausentes de sua vida desde o escândalo, apenas um amigo, Robert Ross, e o proprietário do mísero hotelzinho. Enterraram-no três dias depois.

No cárcere, encerrando o seu *De Profundis*, talvez a mais amarga apologia da dor até hoje escrita por um poeta, Oscar Wilde despedira--se assim: "A Sociedade, tal como a constituímos, não terá mais lugar para mim, nem me oferecerá nenhum. Mas a Natureza, cujas doces chuvas caem tanto sobre os injustos como sobre os justos, terá nas rochas algum esconderijo onde me possa ocultar, e me oferecerá vales secretos em cujo silêncio poderei chorar sem que me perturbem. Ela fará resplender as estrelas na escuridão para que eu não cambaleie nas trevas; fará soprar o vento sobre o rasto de meus passos, para que ninguém me persiga à morte; lavar-me-á com suas abundantes águas, e curar-me-á com suas ervas amargas."

Otto Schneider

O fantasma de Canterville
Romance idealista

Quando Mr. Hiram B. Otis, o Ministro americano, adquiriu Canterville Chase, todos lhe disseram que estava fazendo um mau negócio, pois não havia dúvida de que o lugar era assombrado. O próprio Lorde Canterville, que era pessoa da mais escrupulosa honestidade, achara seu dever mencionar o fato a Mr. Otis quando começaram a discutir o contrato:

— Nós próprios não quisemos morar ali desde que minha tia-avó, a Viúva Duquesa de Bolton, desmaiou de susto, do qual nunca chegou a se refazer, ao sentir duas mãos de esqueleto sobre seus ombros quando se vestia para o jantar — disse Lorde Canterville. — E eu me sinto na obrigação de lhe dizer, Mr. Otis, que o Fantasma foi visto por vários membros ainda vivos da minha família, assim como pelo reitor da paróquia, o rev. Augustus Dampier, que é membro do King's College, Cambridge. Após o lamentável incidente com a Duquesa, nenhum dos nossos criados mais jovens quis permanecer conosco e Lady Canterville muitas vezes não conseguiu dormir à noite em consequência de misteriosos ruídos que partiam do corredor e da biblioteca.

— Milorde — respondeu o Ministro —, decidamos o preço da mobília e do Fantasma. Venho de um país novo, onde temos tudo o que se pode obter com dinheiro. Com toda a nossa ativa mocidade revolucionando o Velho Mundo e arrebatando as melhores atrizes e prima-donas, julgo que, se existisse na Europa algo parecido com um fantasma, tê-lo-íamos em nosso país em muito pouco tempo, nos museus ou como espetáculo ambulante.

— Temo que o fantasma exista — disse Lorde Canterville sorrindo —, embora tenha resistido às propostas dos ativos empresários americanos. É bastante conhecido há três séculos, desde 1584, e sempre aparece antes da morte de algum membro da nossa família.

— Bem, o mesmo faz o médico, Lorde Canterville. Fantasmas não existem e acho que as leis da natureza não vão ser suspensas pela aristocracia inglesa.

— Os americanos são bastante naturais — respondeu Lorde Canterville, que não compreendeu inteiramente a última observação de Mr. Otis. — Se o senhor não se incomoda com um fantasma na casa, está tudo muito bem. Mas não se esqueça de que eu o preveni...

Semanas depois foi fechado o negócio e no encerramento da temporada o Ministro e sua família mudaram-se para Canterville Chase. Mrs. Otis, que, como Lucretia R. Tappan, fora uma famosa beldade de Nova York, era agora uma bela mulher de meia-idade, com lindos olhos e um magnífico perfil. Várias senhoras americanas ao deixar a pátria afetam uma crônica indisposição, sob a impressão de que isso constitui uma forma de requinte europeu; Mrs. Otis, porém, não caíra nesse erro. Possuía magnífica constituição e uma espantosa energia. Na verdade, em vários sentidos, era bastante inglesa e um excelente exemplo do fato de que hoje em dia temos tudo em comum com a América, exceto, naturalmente, a língua. Seu filho mais velho, a quem os pais deram o nome de Washington num momento de patriotismo que ele nunca deixara de lamentar, era um rapaz louro, de bonita aparência, que se qualificara para a carreira diplomática americana por se destacar no Cassino de Newport durante três temporadas sucessivas e porque mesmo em Londres era conhecido como um excelente dançarino. Gardênias e a nobreza eram suas únicas fraquezas. Fora isso, era exatamente ajuizado. Miss Virgínia E. Otis era uma jovenzinha de 15 anos, esbelta e encantadora como uma gazela, e seus grandes olhos azuis refletiam um agradável desembaraço. Era excelente amazona e certa vez, montada em seu pônei, apostara uma corrida com o velho Lorde Bilton, vencendo por um corpo e meio, para grande alegria do jovem Duque de Cheshire. Este a pedira em casamento ali mesmo e por seus tutores fora enviado, afogado em lágrimas, de volta a Eton naquela mesma noite. Depois de Virgínia vinham os gêmeos, comumente chamados de "*the stars and stripes*", pois eram frequentemente açoitados. Eram meninos encantadores e, com exceção do digno Ministro, os únicos verdadeiros republicanos da família.

Como Canterville Chase ficava a sete milhas de Ascot, a estação ferroviária mais próxima, Mr. Otis telegrafou para que uma carruagem estivesse à espera da família. Todos começaram o passeio de muito bom humor. Era uma linda noite de julho e o ar estava leve e recendia a pinheiro. De vez em quando ouviam uma rola selvagem arrulhando com sua doce voz ou viam nas profundezas do mato o peito brilhante de um faisão. Pequenos esquilos espreitavam-nos das faias e os coelhos disparavam pelas moitas e pelos outeiros cobertos de musgo, com suas caudas brancas levantadas. Quando entraram na alameda de Canterville Chase, porém, o firmamento ficou de súbito nublado, uma estranha quietude apossou-se da atmosfera e um bando de gralhas passou silenciosamente sobre suas cabeças; antes que chegassem à casa, principiaram a cair grossos pingos de chuva.

Uma senhora caprichosamente vestida de seda negra, com avental e boné brancos, estava na escada para recebê-los. Era Mrs. Umney, a governanta, a quem Mrs. Otis, por insistente pedido de Lady Canterville, consentira em manter na sua antiga posição. Mrs. Umney fez uma profunda reverência para cada um deles quando saíram do veículo e disse com sua bonita maneira antiquada:

— Dou-lhes as boas-vindas a Canterville Chase.

Seguindo-a, atravessaram o lindo vestíbulo Tudor e entraram na biblioteca, um aposento longo, de teto baixo, com painéis de carvalho-preto, na extremidade do qual havia uma grande janela de vidraças coloridas. Ali estava preparada a mesa do chá e, depois de tirarem seus abrigos, sentaram-se todos e começaram a olhar ao redor, enquanto Mrs. Umney os servia.

De repente os olhos de Mrs. Otis caíram sobre uma nódia escura ao lado da lareira e, inteiramente alheia ao seu significado, a digna senhora observou:

— Acho que derramaram alguma coisa ali.

— Sim, minha senhora — respondeu a governanta em voz baixa —, derramaram sangue naquele lugar.

— Que coisa horrível! — exclamou Mrs. Otis. — Não gosto absolutamente de manchas de sangue numa sala. Esta precisa ser removida imediatamente.

A governanta sorriu e respondeu na mesma voz baixa e misteriosa:

— É sangue de Lady Eleonora de Canterville, que foi assassinada naquele lugar por seu marido, Sir Simon de Canterville, em 1575. Sir Simon sobreviveu à esposa nove anos e desapareceu subitamente em circunstâncias misteriosas. Seu corpo jamais foi encontrado, mas seu espírito ainda vagueia pela casa. A mancha de sangue tem sido muito admirada por turistas e visitantes e não pode ser removida.

— Tudo isto é tolice! — exclamou Washington Otis. — O Removedor de Manchas Pinkerton e o Detergente Paragon a farão desaparecer num instante.

E, antes que a aterrorizada governanta pudesse intervir, ajoelhou-se e esfregou rapidamente o assoalho com um bastão que parecia um cosmético negro. Dentro de alguns instantes não se viam mais traços da mancha de sangue.

— Eu sabia que o Pinkerton resolveria o caso — exclamou triunfante, olhando para a família que o rodeara cheia de admiração; porém, mal acabara de pronunciar aquelas palavras, o clarão de um raio iluminou o sombrio aposento e um medonho trovão fê-los estremecer. Mrs. Umney desmaiou.

— Que clima horrível! — disse calmamente o Ministro americano acendendo um longo charuto. — Acho que o país está tão superpovoado que não há clima bom que chegue para todos. Sempre achei que a emigração é a única solução para a Inglaterra.

— Meu caro Hiram — exclamou Mrs. Otis —, que se há de fazer com uma mulher que desmaia?

— Desconte o desmaio do ordenado entre as coisas quebradas — respondeu o Ministro. — Depois disso, não há de repeti-lo.

E dentro de alguns instantes Mrs. Umney voltou realmente a si. Não há dúvida, porém, de que estava extremamente abalada e preveniu seriamente a Mr. Otis que se acautelasse, pois alguma desgraça ia suceder naquela casa.

— Vi coisas com meus próprios olhos, Mr. Otis, coisas que fariam os cabelos de qualquer cristão ficarem de pé; e noites sem conta não consegui dormir por causa dos fatos horríveis que aqui se dão — disse ela.

Mr. Otis e sua esposa, contudo, asseguraram à pobre criatura que não tinham medo de fantasmas e, depois de invocar as bênçãos da Providência sobre seus novos patrões e de dar passos para obter um aumento de ordenado, a velha governanta retirou-se vacilante para seu quarto.

* * *

A tempestade desencadeou-se furiosa durante toda a noite, mas nada de particular aconteceu. Na manhã seguinte, porém, quando desceram para o desjejum, encontraram novamente no assoalho a terrível mancha de sangue.

— Acho que não se pode culpar o Detergente Paragon, pois eu já o experimentei de todas as maneiras — disse Washington. — Deve ser o fantasma.

Por conseguinte, esfregou a mancha pela segunda vez; na manhã seguinte, porém, ela novamente apareceu. Na manhã do terceiro dia também lá estava, embora a biblioteca tivesse sido trancada à noite pelo próprio Mr. Otis, que levara as chaves para cima. A essa altura a família inteira estava extremamente interessada. Mr. Otis começou a suspeitar que havia sido demasiado dogmático ao negar a existência de fantasmas; Mrs. Otis declarou sua intenção de entrar para a Sociedade Psíquica e Washington preparou uma longa carta a Myers & Podmore sobre a permanência de manchas sanguíneas quando relacionadas com um crime. Naquela noite qualquer dúvida a respeito da existência objetiva de fantasmas foi dissipada para sempre.

O dia fora quente e ensolarado e na frescura da noite toda a família saiu a passeio. Só voltaram às 9 horas, quando fizeram uma ligeira ceia. A conversação não versou absolutamente sobre fantasmas, por isso não havia sequer esta condição primária de expectativa que tantas vezes precede a apresentação de fenômenos psíquicos. Os assuntos abordados, segundo soube por Mr. Otis, eram os de uma conversação comum entre americanos cultos de classe mais elevada, tais como a imensa superioridade como atriz de Miss Fanny Davenport sobre Sarah Bernhardt; a dificuldade de se conseguir trigo verde e bolos de milho, mesmo nas melhores casas inglesas; a importância de Boston no desenvolvimento da espiritualidade mundial; as vantagens do sistema de conferir bagagens nas viagens por estrada de ferro; e a suavidade do sotaque nova-iorquino comparado ao arrastado modo de falar londrino. Não se fez menção absolutamente nenhuma do sobrenatural, nem se aludiu de modo algum a Sir Simon de Canterville. Às 11 horas a família se recolheu e meia hora depois da meia-noite todas as luzes estavam apagadas. Algum tempo depois Mr. Otis foi despertado por um estranho ruído no corredor diante da porta de seu quarto. Soava como um clangor de metal e parecia aproximar-se cada vez mais. Era exatamente uma hora. O Ministro americano estava inteiramente calmo; contou suas pulsações e verificou que não eram exageradas. O estranho ruído continuava e com ele ouviu distintamente um rumor de passos. Calçou os chinelos, tirou uma garrafinha oblonga da gaveta de sua mesa de cabeceira e abriu a porta. Exatamente diante de si viu, ao pálido clarão da lua, um velho de terrível aspecto. Seus olhos eram vermelhos como carvões em brasa; longos cabelos grisalhos caíam-lhe sobre os ombros em mechas ardentes; suas roupas eram de corte antiquado, estavam sujas e rasgadas e de seus pulsos e artelhos pendiam pesadas algemas e enferrujados grilhões.

— Meu caro senhor — disse Mr. Otis —, devo insistir que lubrifique essas cadeias e para esse fim trouxe-lhe uma pequena garrafa de Lubrificante Tammany Sol Levante. Dizem que é inteiramente eficaz numa só aplicação e há vários testemunhos nesse sentido no invólucro, assinados por alguns de nossos mais eminentes teólogos. Vou deixar aqui para o senhor, ao lado das velas, e terei prazer em fornecer-lhe mais, caso o solicite.

Com estas palavras o Ministro dos Estados Unidos colocou a garrafa na mesa de mármore e, fechando a porta, recolheu-se para dormir.

Durante um momento o Fantasma de Canterville ficou inteiramente imóvel, naturalmente indignado; em seguida, jogando violentamente a garrafa ao chão, fugiu pelo corredor, articulando cavos gemidos e emitindo uma terrível luz esverdeada. Quando chegou, porém, ao extremo da grande escada de carvalho, uma porta se abriu de repente, surgiram dois vultozinhos vestidos de branco e um enorme travesseiro passou-lhe raspando pela cabeça! Evidentemente não havia tempo a perder. Adotando apressadamente a Quarta Dimensão como meio de fuga, desapareceu através do assoalho e a casa voltou à tranquilidade.

Quando chegou à pequena câmara secreta da ala esquerda, apoiou-se num raio de luar para recuperar o alento e procurar compreender a situação. Jamais, numa brilhante e ininterrupta carreira de trezentos anos, havia sido tão grosseiramente insultado. Lembrou-se da Duquesa viúva, a quem fizera desmaiar de susto quando estava diante do espelho com seus brilhantes e seu vestido de renda; das quatro criadinhas que haviam ficado histéricas só porque ele sorrira para elas por entre as cortinas de um dos quartos desocupados; do reitor da paróquia, cuja vela ele apagara certa noite e que desde então estivera aos cuidados de Sir William Gull, perfeito joguete de perturbações nervosas; e da velha Madame de Tremouillac, que, tendo acordado cedo certa manhã e visto um esqueleto sentado na cadeira de braços ao lado da lareira a ler o seu diário, ficara presa ao leito durante seis semanas com febre cerebral. Ao convalescer, reconciliara-se com a Igreja, rompendo relações com aquele renomado cético, Monsieur de Voltaire. Lembrou-se da terrível noite em que o malvado Lorde Canterville fora encontrado meio sufocado em seu quarto de vestir, com uma carta de baralho enfiada na garganta, e confessara antes de morrer que havia trapaceado e roubado com aquela mesma carta cinquenta mil libras de Charles James Fox, jurando que o Fantasma o obrigara a engoli-la. Todos os seus grandes feitos voltaram-lhe à memória, desde o caso do mordomo que se suicidara na copa porque vira uma mão verde batendo nos vidros da janela, até o da bela Lady Stutfield, que fora obrigada a usar uma faixa de veludo negro ao redor do pescoço, a fim de ocultar a marca de quatro dedos em fogo sobre sua branca epiderme e acabara por se afogar no lago das carpas, que ficava na extremidade da Alameda do Rei. Com o entusiasmo de um verdadeiro artista, recordou suas mais célebres interpretações e sorriu amargamente ao pensar em seu último aparecimento como "Red Ruben, ou O Infante Estrangulado", sua estreia como "O Magro Gibeon, ou O Vampiro de Bexley Moor" e o terror que provocara certa noite de julho, brincando simplesmente com seus ossos na cancha de tênis. Depois de tudo aquilo, uns desgraçados americanos modernos tinham a coragem de lhe oferecer o Lubrificante Sol Levante e jogar-lhe travesseiros à cabeça! Era insuportável! Nenhum fantasma da História fora jamais tratado daquela maneira. Por conseguinte, resolveu vingar-se e permaneceu até a aurora em atitude de profunda meditação.

* * *

Na manhã seguinte, quando a família Otis se reuniu para o desjejum, conversou-se um pouco sobre o Fantasma. O Ministro dos

Estados Unidos estava naturalmente um tanto aborrecido por ver que seu presente não fora bem recebido.

— Não desejo fazer ao Fantasma nenhum dano pessoal — declarou — e acho que, considerando-se o tempo que reside nesta casa, não é absolutamente delicado jogar-lhe travesseiros à cabeça.

Observação muito justa diante da qual, pesa-me dizê-lo, os gêmeos caíram na risada.

— Por outro lado — continuou ele —, se recusar o lubrificante, teremos que lhe tirar as correntes. Seria impossível dormir com tal barulho.

No resto da semana, contudo, não foram molestados e a única coisa que excitou a curiosidade foi a renovação da mancha de sangue no assoalho da biblioteca. O fato era certamente muito estranho, pois a porta era sempre trancada à noite por Mr. Otis e as janelas continuavam fortemente gradeadas. A variedade no colorido provocava também muitos comentários. Certas manhãs era vermelho-escuro, depois passava ao vermelhão, em seguida ao púrpura e, certa vez, quando desceram para fazer a oração em comum, de acordo com o singelo rito da Livre Igreja Episcopal Americana Reformada, acharam-na de um brilhante verde-esmeralda. Aquelas mudanças calidoscópicas divertiam muito a família, que todas as noites fazia apostas para o dia seguinte. A única pessoa que não entrava no brinquedo era a pequena Virgínia, que, por inexplicável razão, ficava sempre muito perturbada diante da mancha de sangue e quase chorou na manhã em que esta apareceu verde-esmeralda.

A segunda aparição do Fantasma deu-se numa noite de domingo. Pouco depois de se terem recolhido, foram subitamente despertados por um alarido no vestíbulo. Descendo as escadas a correr, descobriram que uma grande armadura se desprendera de seu pedestal e caíra no assoalho de pedra. Sentado numa cadeira de alto espaldar estava o Fantasma de Canterville, esfregando os joelhos com expressão de intensa dor. Os gêmeos haviam trazido suas atiradeiras e atirado nele dois projéteis, com exatidão que só pode ser conseguida depois de longa e cuidadosa prática, adquirida contra professores; ao mesmo tempo, o Ministro dos Estados Unidos o cobria com seu revólver e lhe ordenava, de acordo com a etiqueta californiana, a erguer os braços! O Fantasma levantou-se com um grito de raiva e passou por entre eles como uma neblina, apagando a vela de Washington Otis e deixando-os em total escuridão. Chegando ao cimo da escada, refez-se e decidiu emitir a sua célebre gargalhada demoníaca, o que lhe fora em mais de uma ocasião extremamente útil. Dizia-se que aquele gargalhar tornara grisalha numa só noite a cabeça de Lorde Raker e fizera com que três governantas francesas de Lady Canterville se despedissem antes do fim do mês. Riu, portanto, com seu riso mais horrível, fazendo tremer o teto abobadado. Mal, porém, se extinguira o medonho eco, abriu-se uma porta e Mrs. Otis surgiu, trajando um leve roupão azul.

— Suponho que o senhor não esteja se sentindo bem e trouxe-lhe um vidro de elixir do Dr. Dobell. Se se trata de indigestão, o senhor vai ver que é um excelente remédio.

O Fantasma olhou-a furioso e começou imediatamente a fazer preparativos para se transformar num grande cão negro, proeza pela qual era justamente renomado e que motivara, segundo o médico da família, a permanente idiotice do tio de Lorde Canterville, o Hon, Thomas Horton. O som de passos que se aproximavam fê-lo, porém, hesitar. Limitou-se a tornar-se ligeiramente fosforescente e desapareceu com um tétrico gemido, exatamente quando os gêmeos acabavam de chegar.

Entrando em seu quarto inteiramente aniquilado, tornou-se presa da mais violenta agitação. A vulgaridade dos gêmeos e o crasso materialismo de Mrs. Otis eram extremamente desagradáveis, mas o que realmente o perturbava era o fato de não ter podido usar a armadura. Tivera a esperança de que mesmo americanos modernos se emocionassem à vista do Espectro da Armadura, se não por um motivo razoável, pelo menos por respeito ao poeta nacional Longfellow, com cuja graciosa e atraente poesia ele próprio se entretivera quando os Canterville estavam na cidade. Além disso, tratava-se de sua própria armadura. Usara-a com êxito no torneio de Kenilworth e fora muito cumprimentado pela Rainha Virgem em pessoa. Contudo, ao vesti-la, sentira-se completamente abatido pelo peso da enorme couraça e do capacete de aço, caindo pesadamente no chão de pedra e ferindo ambos os joelhos e os dedos da mão direita.

Durante alguns dias sentiu-se muito doente e não se afastou do quarto, exceto para manter em ordem a mancha de sangue.

Cuidando-se, porém, restabeleceu-se e resolveu fazer uma terceira tentativa de assustar o Ministro dos Estados Unidos e sua família. Escolheu sexta-feira, 13 de agosto, para a aparição e gastou a maior parte do dia examinando seu guarda-roupa. Decidiu-se, por fim, a favor de um grande chapéu de pena vermelha, um lençol franzido nos punhos e no pescoço e um enferrujado punhal. À tarde desabou um violento temporal e o vento era tão forte que fazia estremecer todas as janelas e portas da velha casa. Era exatamente a espécie de tempo que lhe agradava. Seu plano de ação era o seguinte: caminharia sem ruído até o quarto de Washington Otis, gemeria aos pés da cama e se apunhalaria três vezes no pescoço, ao som de música lenta. Nutria por Washington um especial rancor, estando ciente do fato de que era ele quem tinha o hábito de remover a famosa nódoa de Canterville com o Detergente Paragon, de Pinkerton. Depois de reduzir o desabrido e tolo jovem à condição de abjeto terror, avançaria para o quarto ocupado pelo Ministro dos Estados Unidos e sua esposa e colocaria a mão pegajosa sobre a testa de Mrs. Otis, ao mesmo tempo que murmuraria aos ouvidos de seu trêmulo marido segredos medonhos de necrotério. Com respeito a Virgínia, ainda não tomara uma decisão. Ela jamais o insultara de modo algum e era bonita e tranquila. Alguns gemidos cavos dentro do armário seriam mais que suficientes ou, se isso não a despertasse, poderia segurar a colcha com dedos trêmulos. Quanto aos gêmeos, estava decidido a dar-lhes uma lição. A primeira coisa a fazer, naturalmente, era sentar-se sobre o peito dos meninos, a fim de produzir sensação de asfixia e pesadelo. Em seguida, como as camas eram próximas uma da outra, ficaria de pé entre elas, tomando a aparência de um cadáver, até que ambos ficassem paralisados pelo medo. Finalmente, despojar-se-ia do lençol e arrastar-se-ia pelo quarto, branco esqueleto de pupila móvel, no papel de "Daniel Mudo, ou O Esqueleto do Suicida", caracterização em que tivera grande êxito mais de uma vez e que considerava igual ao seu famoso papel de "Martin, o Maníaco, ou O Mistério Mascarado".

Às dez e meia, percebeu que a família se recolhia aos seus aposentos. Durante algum tempo, foi perturbado pelas selvagens risadas dos gêmeos, que, com a despreocupação de escolares, se divertiam antes de dormir. Às onze e um quarto, porém, tudo estava em paz e, ao soar a meia-noite, ele se pôs a caminho. A coruja bateu contra os vidros da janela, o corvo grasnou no velho teixo e o vento gemeu ao redor da casa como uma alma penada; a família Otis, porém, dormia inconsciente do que a aguardava, e muito acima da chuva e do vento o Fantasma ouvia o firme ressonar do Ministro dos Estados Unidos. Deslizou sub-repticiamente pela claraboia, com um sorriso maldoso na boca franzida e cruel, e a lua ocultou o rosto numa nuvem quando ele passou pela grande janela redonda onde suas armas e as de sua esposa assassinada fulgiam em ouro e azul. Continuou a deslizar como uma sombra má e, quando ele passava, a própria escuridão parecia repeli-lo. Em dado momento julgou ouvir um chamado e parou, mas era apenas o uivar de um cão e ele prosseguiu, murmurando estranhas pragas do século XVI e brandindo de vez em quando o enferrujado punhal. Chegou finalmente ao ângulo do corredor que conduzia ao quarto do infeliz Washington. Deteve-se por um instante e o vento soprou-lhe as madeixas grisalhas ao redor da cabeça e retorceu-lhe em dobras grotescas e fantásticas a horrível mortalha. O relógio soou um quarto de hora e ele decidiu que o momento era chegado. Riu consigo mesmo e dobrou o ângulo do corredor; mal o fez, recuou com um grito de terror e ocultou o rosto lívido nas mãos longas e ossudas. Bem diante dele havia um medonho espectro, imóvel como uma estátua e monstruoso como o sonho de um louco! A cabeça era calva e brilhante, o rosto, redondo, gordo e branco, e um riso parecia contorcer-lhe perenemente as feições. Dos olhos desciam raios de luz escarlate, a boca era um poço de fogo e um medonho vestuário, parecido com o seu, envolvia em gelo e silêncio a forma titânica. Sobre o peito exibia um cartaz com estranha escrita em caracteres antigos, algum pergaminho de vergonha, registro de medonhas faltas, terrível calendário de crime. Com a mão direita segurava bem alto uma cimitarra de aço brilhante.

Como nunca vira um espectro em sua vida, o Fantasma ficou naturalmente assustado e, após uma segunda olhadela para a medonha aparição, fugiu para seu quarto, tropeçando na longa mortalha ao descer o corredor e finalmente deixando cair o enferrujado punhal nas botas do Ministro, onde foi encontrado na manhã seguinte pelo mordomo. Uma vez na segurança de seu apartamento, lançou-se numa pequena enxerga e escondeu o rosto debaixo das cobertas. Depois de algum tempo, contudo, o bravo espírito dos Canterville reagiu e ele resolveu procurar o outro fantasma assim que rompesse o dia. Por conseguinte, logo que a aurora pintou as colinas de prata, voltou ao lugar onde tinha avistado o horrível espectro, achando que, afinal, era melhor serem dois do que estar sozinho e que com a ajuda do novo amigo poderia em segurança lidar com os gêmeos. Ao chegar ao local, porém, divisou um terrível quadro. Evidentemente algo sucedera ao espectro, pois a luz desaparecera inteiramente de seus olhos vazios; a brilhante cimitarra caíra-lhe da mão e ele estava encostado à parede numa atitude forçada e incômoda. O Fantasma de Canterville adiantou-se rapidamente e tomou-o nos braços, mas ficou horrorizado ao ver que a cabeça escorregava e rolava no chão e o corpo assumiu uma posição indolente. Descobriu então que estava segurando um cortinado de leito de fustão branco, uma vassoura, um facão de cozinha e um nabo! Incapaz de compreender aquela curiosa transformação, agarrou o cartaz com agitação febril e, à luz cinzenta da manhã, leu estas horríveis palavras:

O Fantasma Otis,
O Único Verdadeiro e Original Espantalho.
Cuidado com as Imitações,
Todos os Outros São Falsificados

Num relance, compreendeu toda a história. Fora enganado, derrotado, ludibriado! O antigo olhar dos Canterville voltou-lhe às pupilas; rangeu as gengivas sem dentes e, erguendo os punhos descarnados acima da cabeça, praguejou na pitoresca fraseologia da escola antiga que, quando Chantecler entoasse pela segunda vez seu alegre canto, sangrentos homicídios seriam perpetrados e o Crime andaria à solta com pés silenciosos...

Mal acabara a medonha praga quando no telhado de uma distante fazenda um galo cantou. O Fantasma riu um riso longo, baixo, amargo e esperou. Esperou hora após hora, mas o galo, por alguma estranha razão, não cantou novamente. Por fim, às sete e meia, a chegada das criadas fê-lo desistir da terrível vigília e voltar ao quarto, pensando em suas vãs esperanças e em seu frustrado propósito. Ali consultou vários livros de cavalaria dos quais gostava extremamente e descobriu que em todas as ocasiões em que aquela praga fora usada Chantecler cantara sempre duas vezes. "Perdição recaia sobre a maldita ave!", murmurou. "Virá o dia em que com minha valente espada lhe cortarei o pescoço, fazendo-o cantar antes de morrer!" Retirou-se então para um confortável ataúde de chumbo e lá ficou até anoitecer.

* * *

No dia seguinte, o Fantasma sentiu-se fraco e muito cansado. A terrível excitação das últimas semanas começava a produzir efeitos. Seus nervos estavam completamente abalados e ele se sobressaltava ao menor ruído. Durante cinco dias conservou-se no quarto e, por fim, resolveu desistir da mancha de sangue do assoalho da biblioteca. Se a família Otis não a queria era, evidentemente, porque não a merecia. Era óbvio que se tratava de pessoas de nível inferior, inteiramente incapazes de apreciar o valor simbólico de fenômenos sensórios. A questão das aparições fantasmagóricas e o desenvolvimento de corpos astrais era, na verdade, um assunto inteiramente diferente e fora da sua alçada. Considerava, porém, seu solene dever surgir no corredor uma vez por semana e gemer na grande janela redonda, na primeira e terceira quartas-feiras de cada mês, e não via como pudesse honrosamente fugir a essas obrigações. É verdade que sua vida se tornara muito desagradável, mas, por outro lado, era extremamente consciencioso em tudo o que se referisse ao sobrenatural. Nos três sábados seguintes, portanto, atravessou o corredor como de costume, entre meia-noite e três horas, tomando todas as precauções possíveis para não ser visto nem ouvido. Tirou as botas, caminhou tão de leve quanto possível sobre as velhas tábuas carcomidas, vestiu uma grande capa de veludo negro e teve o cuidado de usar nas correntes o Lubrificante Sol Levante. Sou obrigado a reconhecer que foi com grande relutância que chegou a adotar esse modo de proteção. Certa noite, quando a família estava jantando, esgueirou-se para dentro do quarto de Mr. Otis e carregou a garrafa. A princípio sentiu-se um tanto humilhado, mas depois teve o bom senso de reconhecer que o preparado tinha seus méritos e que até certo ponto realizava sua finalidade. Apesar de tudo, não deixou de ser molestado. Frequentemente estendiam barbantes no corredor, que o faziam tropeçar no escuro, e em certa ocasião, quando estava vestido para o papel de "Isaac Negro, ou O Caçador dos Bosques de Hogley", levou um sério tombo por ter pisado em manteiga, que os gêmeos haviam colocado na entrada da Sala da Tapeçaria, no alto da escadaria de carvalho. Este último insulto enraiveceu-o de tal forma que resolveu afirmar sua dignidade visitando os insolentes escolares na noite seguinte, em sua célebre caracterização de "Rupert Despreocupado, ou O Conde sem Cabeça".

Não usara aquele disfarce havia mais de setenta anos, desde que assustara de tal modo a bonita Lady Bárbara Modish, que esta de súbito rompera o noivado com o avô do atual Lorde Canterville e fugira para Gretna Green com o belo Jack Castleton, declarando que nada no mundo a forçaria a entrar numa família que permitia que um fantasma tão horrível passeasse no terraço ao crepúsculo. O pobre Jack fora mais tarde morto num duelo por Lorde Canterville em Wandsworth Common e Lady Bárbara morrera de tristeza em Turnbrigde Wells pouco depois. Em todos os sentidos ele tivera, portanto, grande êxito. Tratava-se, porém, de uma dificil caracterização, se me posso permitir a expressão teatral com referência a um mistério do sobrenatural, ou, para empregar um termo mais científico, do mundo natural superior. Foram-lhe precisas três horas para fazer os preparativos. Tudo ficou pronto finalmente e ele se sentiu muito satisfeito com sua aparência. As altas botas de couro que faziam parte do vestuário estavam um tanto largas e só conseguiu achar uma de suas pistolas, mas no conjunto estava satisfeito. À uma hora e um quarto, deslizou pela claraboia e avançou cautelosamente pelo corredor. Ao chegar diante do quarto ocupado pelos gêmeos, que era chamado de Câmara do Leito Azul por causa da cor de suas cortinas, encontrou a porta entreaberta. Desejoso de fazer uma entrada de grande efeito, escancarou-a e nesse momento um pesado jarro de água caiu sobre ele, molhando-o até os ossos e por pouco não atingindo seu ombro esquerdo. No mesmo instante ouviu risos abafados que partiam da cama de colunas. Foi tão grande o choque para seu sistema nervoso que fugiu para o quarto tão depressa quanto possível e no dia seguinte estava de cama com um sério resfriado. A única coisa que o consolou em toda a história foi não ter levado consigo a sua cabeça, pois se o tivesse feito as consequências poderiam ter sido muito sérias.

Desistiu, então, de assustar aquela rude família americana e contentou-se de modo geral a deslizar de chinelos pelos corredores, com um grosso cachecol enrolado no pescoço por medo de correntes de ar e um pequeno arcabuz, no caso de ser atacado pelos gêmeos. O golpe final ocorreu a 19 de setembro. Descera até o grande vestíbulo da entrada, certo de que lá pelo menos não seria perturbado, e divertia-se fazendo observações irônicas diante das grandes fotografias do Ministro dos Estados Unidos e de sua esposa, que agora tomavam o lugar dos retratos da família Canterville. Estava simplesmente vestido com uma longa mortalha, pontilhada de mofo de cemitério, amarrara o queixo com uma faixa de linho amarelo e carregava uma pequena lanterna e uma pá de coveiro. De fato, estava vestido para o papel de "Jonas, o Desenterrado, ou O Ladrão de Defuntos de Chertsey Barn", uma de suas notáveis caracterizações. Os Canterville tinham muitas razões para recordá-la, pois fora a verdadeira origem de uma briga com Lorde Rufford, o vizinho. Eram cerca de duas horas e um quarto da madrugada e, pelo menos que ele o soubesse, ninguém estava de pé. Quando se aproximava da biblioteca, porém, para verificar se havia traços da mancha de sangue, saltaram de repente sobre ele, vindas de um canto escuro, duas figuras que agitavam os braços loucamente e gritaram-lhe ao ouvido: "Bu-u-u-u!"

Presa de pânico, muito natural nas circunstâncias, correu para a escada, mas ali encontrou Washington Otis à sua espera com um grande esguicho de jardim. Vendo-se rodeado de inimigos por todos os lados e quase encurralado, desapareceu no grande fogareiro de ferro que, felizmente para ele, não estava aceso e teve que caminhar pelos canos e chaminés, chegando ao quarto num terrível estado de sujeira, desordem e desespero.

Depois disso não mais foi visto em expedições noturnas. Os gêmeos ficaram de tocaia várias vezes e todas as noites espalharam nozes nos corredores, para grande aborrecimento dos pais e dos criados, mas foi inútil. Era evidente que estava tão magoado que não queria reaparecer. Por conseguinte, Mr. Otis recomeçou o grande trabalho sobre a História do Partido Democrático; Mrs. Otis organizou um maravilhoso piquenique, que surpreendeu toda a região; os meninos dedicaram-se ao pôquer e a vários jogos nacionais americanos e Virgínia passeou pelas alamedas montada em seu pônei e acompanhada pelo jovem Duque de Cheshire, que viera passar a última semana de férias em Canterville Chase. Acreditava-se que o Fantasma se fora e Mr. Otis escreveu uma carta nesse sentido a Lorde Canterville, que em resposta manifestou seu grande prazer pela notícia e enviou congratulações à digna esposa do Ministro.

A família Otis, porém, estava enganada, pois o Fantasma continuava na casa e, embora quase inválido, não estava absolutamente disposto a permitir que as coisas acalmassem, principalmente desde que soubera que entre os hóspedes se encontrava o jovem Duque de Cheshire, cujo tio-avô, Lorde Francis Stilton, certa vez apostara cem guinéus com o Coronel Carbury que jogaria dados com o Fantasma de Canterville. Fora encontrado na manhã seguinte estendido no chão da sala de jogos, imobilizado por uma paralisia e, embora tivesse vivido longos anos, nunca mais fora capaz de pronunciar outras palavras além de "duplo seis". A história tivera muita repercussão naquela época, embora, naturalmente, por respeito às duas nobres famílias, tentassem abafá-la. Uma narração completa de todas as circunstâncias a ela relacionadas pode ser encontrada no terceiro volume das *Recordações do príncipe regente e seus amigos*, de Lorde Tattle. O Fantasma estava, portanto, ansioso para mostrar que não havia perdido sua influência sobre os Stilton, com os quais era, aliás, meio aparentado, pois sua prima-irmã havia casado em segundas núpcias com o Sieur de Bulkeley, de quem, conforme era do conhecimento geral, descendia a linhagem dos Cheshire. Por conseguinte, fez preparativos para surgir diante do jovem namorado de Virgínia em sua célebre caracterização de "O Monge Vampiro, ou O Beneditino sem Sangue", interpretação tão horrível que quando a velha Lady Startup a viu numa fatídica véspera de Ano-Bom, no ano de 1764, emitiu gritos agudíssimos, que culminaram em violenta apoplexia, morreu após três dias, deserdando os Canterville, que eram seus parentes mais próximos, e deixando todo o seu dinheiro a um boticário de Londres. No último instante, porém, seu terror pelos gêmeos o impediu de sair do quarto e o pequeno Duque dormiu em paz sob o dossel do Aposento Real e sonhou com Virgínia.

* * *

Alguns dias depois, Virgínia e seu admirador de cabelos ondulados foram passear a cavalo nos prados de Biockley, onde a menina rasgou de tal modo o traje de montar que, ao voltar para casa, resolveu entrar pela escada traseira, a fim de não ser vista. Ao passar correndo pela Sala da Tapeçaria, cuja porta estava por acaso aberta, teve a impressão de que havia alguém no interior. Pensando que se tratava da criada de sua mãe, que às vezes levava para lá sua costura, entrou para pedir que lhe consertasse o traje. Com imensa surpresa, porém, viu-se diante do próprio Fantasma de Canterville! Estava sentado junto à janela, contemplando as folhas douradas que caíam e as folhas vermelhas que dançavam doidamente na comprida alameda. Tinha a cabeça apoiada na mão e toda a sua atitude denotava depressão. De fato, parecia tão abatido que a pequena Virgínia, cujo primeiro impulso fora sair correndo e trancar-se em seu quarto, ficou muito penalizada e resolvida a consolá-lo. Tão leves eram os seus passos e tão profunda a melancolia do Fantasma que este não notou sua presença senão quando ela lhe dirigiu a palavra:

— Estou com muita pena do senhor — disse —, porém meus irmãos vão voltar amanhã para Eton e depois, se quiser se portar bem, ninguém o aborrecerá.

— É absurdo pedir-me para me portar bem — respondeu, voltando-se admirado para a bonita menina que tinha ousado dirigir-lhe a palavra. — Inteiramente absurdo. Preciso arrastar minhas correntes, gemer pelas fechaduras e passear à noite, se é a isso que se refere. É a minha única razão de ser.

— Isto não é razão de ser e o senhor sabe que se está portando muito mal. Mrs. Umney nos contou no dia em que chegamos que o senhor assassinou sua esposa.

— Bem, admito que o fiz — disse o Fantasma com petulância —, mas isso é um assunto puramente familiar e não interessa a mais ninguém.

— É muito errado matar as pessoas — disse Virgínia, que às vezes tinha uma gravidade puritana, herdada de algum antepassado da Nova Inglaterra.

— Oh, detesto a severidade barata da ética abstrata! Minha esposa era muito simplória, nunca mandava engomar convenientemente os meus punhos e não sabia coisa alguma a respeito de culinária. Veja, certa vez matei um gamo no Bosque de Hogley, um magnífico animal, e sabe como ela o mandou preparar?... Bem, isto agora não tem importância, é coisa passada, mas acho que não foi gentil da parte de seus irmãos deixarem-me morrer de fome, embora eu a tivesse matado.

— Deixaram-no morrer de fome? Oh, Sr. Fantasma, quer dizer, Sir Simon, o senhor está com fome? Tenho um sanduíche em minha bolsa. Gostaria de comê-lo?

— Não, obrigado. Agora não me alimento mais; porém é muita bondade sua. A senhora é mais amável que o resto da sua horrível, rude, vulgar e desonesta família.

— Basta! — exclamou Virgínia, batendo com o pé. — É o senhor quem é indelicado, horrível e vulgar. E, quanto à desonestidade, sabe muito bem que roubou as tintas de minha caixa para renovar aquela ridícula mancha de sangue da biblioteca. A princípio tirou todos os meus vermelhos, inclusive o vermelhão, e eu não mais pude pintar o pôr do sol. Em seguida, tirou o verde-esmeralda e o amarelo-cromo, e finalmente não me restou mais nada senão o anil e o branco e eu só podia pintar cenas ao luar, que são sempre deprimentes e nem um pouquinho fáceis. No entanto, eu nunca o denunciei, embora ficasse muito aborrecida e achasse a história toda extremamente ridícula, pois quem já ouviu falar em sangue de esmeralda?

— Bem — murmurou o Fantasma, um tanto embaraçado —, que podia eu fazer? Hoje em dia é muito difícil arranjar sangue verdadeiro, e, como seu irmão começou o caso com aquele Detergente Paragon, não vi razão para não tirar suas tintas. Quanto às cores, isso é uma questão de gosto: os Canterville têm sangue azul, por exemplo, o mais azul da Inglaterra. Mas eu sei que vocês, americanos, não se importam com essas coisas...

— O senhor não entende nada a respeito do assunto e o melhor que tem a fazer é emigrar e ilustrar-se. Meu pai terá o maior prazer em lhe dar uma passagem grátis e, embora haja uma pesada multa sobre espíritos* de qualquer espécie, não haverá dificuldades na Alfândega, pois todos os funcionários são democratas. Em Nova York, o senhor terá grande êxito. Conheço lá muita gente que daria cem mil dólares para ter um avô e quantia muito maior para ter um fantasma na família.

* É um trocadilho. Espírito, em inglês, também significa bebida alcoólica. (N.T.)

— Acho que eu não gostaria da América.

— Suponho que é porque não temos ruínas e curiosidades — disse Virgínia ironicamente.

— Nenhuma ruína! Nenhuma curiosidade! — exclamou o Fantasma. — Vocês têm a Marinha e a etiqueta americana.

— Boa noite. Vou pedir ao papai que dê aos gêmeos uma semana extra de férias.

— Por favor, não se vá, Miss Virgínia — exclamou o Fantasma. — Sinto-me tão só e tão infeliz que não sei o que fazer. Quero dormir, mas não consigo.

— Isto é um absurdo. Não é preciso mais que ir para a cama e soprar a vela. Às vezes é muito difícil manter-se acordado, principalmente na igreja, mas não há dificuldades para dormir. Ora, até bebês sabem fazer isso e eles não são muito inteligentes.

— Não durmo há trezentos anos — disse o Fantasma tristemente e os lindos olhos azuis de Virgínia se dilataram de espanto. — Não durmo há trezentos anos e estou tão cansado!

Virgínia ficou muito séria e seus lábios estremeceram como pétalas tocadas pela brisa. Aproximou-se do Fantasma e, ajoelhando-se ao seu lado, olhou para aquele rosto velho e enrugado.

— Pobre, pobre Fantasma — murmurou. — Não tem lugar para dormir?

— Longe, além dos pinheiros, há um pequeno jardim — respondeu ele em voz baixa e sonhadora. — O capim está alto e lá desabrocham as grandes flores níveas das cicutas. O rouxinol canta a noite inteira, a lua de cristal olha para baixo e o teixo estende seus braços gigantescos sobre os que dormem.

Virgínia sentiu os olhos marejados de lágrimas e ocultou o rosto nas mãos.

— O senhor está falando sobre o Jardim da Morte — murmurou ela.

— Sim, a Morte. A Morte deve ser tão bela! Deitar-se na terra fofa, ouvir o silêncio e ver o capim que se agita sobre nossa cabeça... Não ter passado nem futuro. Esquecer o tempo, esquecer a vida, estar em paz. Você precisa me ajudar. Você precisa abrir para mim os portais da Morte, pois traz sempre consigo o Amor e o Amor é mais forte do que a Morte.

Virgínia estremeceu e durante alguns minutos ninguém falou. A menina tinha a impressão de estar mergulhada num terrível sonho.

O Fantasma tornou a falar e sua voz parecia o gemido do vento:

— Já leu a velha profecia da janela da biblioteca?

— Ah, muitas vezes — exclamou a menina, erguendo a cabeça. — Conheço-a muito bem. Está pintada em estranhas letras negras e é difícil decifrá-la. São apenas seis linhas:

Quando uma loura menina conseguir
Preces dos lábios de um pecador,
Quando a velha amendoeira florir
E uma criancinha chorar,
Toda a casa ficará tranquila
E a paz voltará a Canterville.

— Mas eu não sei o que significa... — disse a menina.

— Significa que você deve chorar por mim e pelos meus pecados, porque eu não tenho lágrimas, rezar comigo por minha alma, porque eu não tenho fé, e depois, se for sempre amável, boa e misericordiosa, o Anjo da Morte terá pena de mim. Você verá talvez formas medonhas nas trevas e vozes maldosas murmurarão ao seu ouvido, porém não lhe farão mal, pois contra a pureza de uma criança os poderes do Inferno não prevalecem.

Virgínia não respondeu e o Fantasma contorceu as mãos desesperado, olhando para aquela cabeça loura inclinada. De súbito, a menina se ergueu muito pálida, com um reflexo estranho nos olhos.

— Não tenho medo — disse com firmeza. — Vou pedir ao Anjo que tenha compaixão de você.

O Fantasma se levantou com uma débil exclamação de alegria e tomando-lhe a mão beijou-a com graça cavalheiresca. Seus dedos eram frios como gelo e seus lábios queimavam como fogo, mas Virgínia não vacilou quando ele a conduziu através do aposento em penumbra. Na tapeçaria de um verde desbotado havia pequenos caçadores bordados, que sopravam trombetas enfeitadas e com mãos diminutas lhe faziam sinais para que recuasse.

— Volte, Virgínia! — gritavam. — Volte!

O Fantasma, porém, segurou-lhe a mão com mais força e a menina fechou os olhos para não vê-los. Horríveis animais com caudas de lagarto e olhos esbugalhados piscavam para ela das esculturas da lareira e murmuravam:

— Cuidado, Virgínia! Cuidado! Talvez nunca mais nos encontremos.

O Fantasma, porém, deslizava com maior rapidez e Virgínia não os ouviu. Ao chegarem à extremidade do aposento, ele parou e murmurou algumas palavras que a menina não compreendeu. Virgínia abriu os olhos e viu que a parede estava desaparecendo como um nevoeiro e uma grande caverna negra surgia diante dela. Um vento gelado rodeou-os e ela sentiu que algo lhe puxava o vestido.

— Depressa! Depressa! — exclamou o Fantasma. — Senão, será tarde demais.

E num instante o painel se fechou atrás deles e a Sala da Tapeçaria ficou deserta.

* * *

Cerca de dez minutos depois, tocou o sino para o chá e, como Virgínia não aparecesse, Mrs. Otis mandou um criado chamá-la. Depois de algum tempo ele voltou dizendo que não encontrara Miss Virgínia em parte alguma. Como a menina tinha o hábito de ir ao jardim todas as tardes para colher flores para a mesa do jantar, Mrs. Otis a princípio não ficou alarmada, mas, quando soaram seis horas e Virgínia não apareceu, ficou verdadeiramente preocupada e mandou os meninos irem procurá-la, enquanto ela e Mr. Otis revistavam todas as peças da casa. Às seis e meia, os meninos entraram e disseram que não haviam encontrado a irmã em parte alguma. Estavam todos muito agitados, sem saber o que fazer, quando Mr. Otis de repente se lembrou de que, alguns dias antes, havia dado permissão a um bando de ciganos para acampar no parque. Dirigiu-se então para Blackfell Hollow, onde se encontravam, acompanhado pelo filho mais velho e por dois empregados. O jovem Duque de Cheshire, louco de ansiedade, pediu insistentemente que o deixassem ir também, mas Mr. Otis não o permitiu, temendo que pudesse haver uma escaramuça. Chegando ao lugar, descobriram que os ciganos haviam partido e era evidente que a partida fora súbita, pois o fogo ainda estava aceso e havia alguns pratos na grama. Depois de enviar Washington e os dois homens para fazerem uma busca pelo distrito, Mr. Otis correu para casa e despachou telegramas a todos os inspetores de polícia do condado, pedindo-lhes que procurassem uma menina que havia sido raptada por vagabundos ou ciganos. Em seguida, ordenou que lhe trouxessem um cavalo e, depois de insistir que a esposa e os dois filhos se sentassem para jantar, dirigiu-se com um criado à estrada de Ascot. Mal percorrera duas milhas, ouviu um galope atrás de si e, ao voltar-se, deu com o pequeno Duque de Cheshire, que se aproximava montado em seu pônei, com o rosto muito corado e sem chapéu.

— Desculpe-me, Mr. Otis — arquejou o rapaz —, mas não posso jantar enquanto Virgínia não for encontrada. Por favor, não se zangue comigo; se o senhor tivesse permitido que ficássemos noivos no ano passado, toda esta história não teria acontecido. O senhor não me vai mandar de volta, não é? Não posso ir! E não irei!

O Ministro não pôde deixar de sorrir para o belo rapaz e ficar comovido por sua dedicação a Virgínia. Inclinando-se, bateu-lhe amigavelmente no ombro, dizendo:

— Bem, Cecil, se você não quer voltar, acho que tem que vir comigo, mas preciso lhe arranjar um chapéu em Ascot.

— Oh! Que importa o meu chapéu? Eu quero Virgínia! — exclamou rindo o pequeno Duque.

E os dois galoparam até a estação da estrada de ferro. Ali Mr. Otis indagou ao chefe da estação se alguém que correspondesse à descrição de Virgínia fora visto na plataforma, porém não obteve notícias da menina. O chefe da estação telegrafou para todas as direções e assegurou-lhe que ficariam vigilantes. Depois de ter comprado um chapéu para o pequeno Duque numa loja que estava fechando as portas, Mr. Otis dirigiu-se para Brixley, uma aldeia que ficava a cerca de quatro milhas de Ascot e que, segundo lhe disseram, era um conhecido ponto de reunião dos ciganos, pois havia nas proximidades um grande terreno público. Ali despertaram o polícia rural, mas não obtiveram dele nenhuma informação; depois de percorrerem todo o campo, dirigiram os cavalos para casa e chegaram ao castelo cerca das 11 horas, mortos de cansaço e quase desanimados. Encontraram Washington e os gêmeos à espera na casinhola do porteiro, munidos de lanternas, pois a alameda estava muito escura. Não se descobrira o menor traço de Virgínia. Os ciganos haviam sido presos em Brixley, porém a menina não estava com eles e o bando havia explicado sua súbita partida dizendo que se tinham enganado a respeito da data da feira de Chorton e haviam partido às carreiras, por medo de chegarem atrasados. De fato, ficaram tristes ao ter notícia do desaparecimento de Virgínia, pois estavam muito gratos a Mr. Otis por lhes ter permitido acampar no parque. Quatro deles haviam ficado para trás, a fim de ajudarem na busca. O lago das carpas fora dragado e todo o castelo minuciosamente revistado, mas em vão. Era evidente que, pelo menos naquela noite, Virgínia continuaria desaparecida. E foi num estado de grande depressão que Mr. Otis e os meninos caminharam para casa, enquanto o criado seguia atrás com os dois cavalos e o pônei. No vestíbulo, encontraram um grupo de criados apavorados, e na biblioteca, estendida num sofá, estava a pobre Mrs. Otis, quase louca de terror e ansiedade. A velha governanta banhava-lhe a testa com água-de-colônia. Mr. Otis insistiu imediatamente que ela comesse alguma coisa e ordenou que servissem a ceia para todos. Foi uma melancólica refeição; quase ninguém falou e até os gêmeos estavam assombrados e tímidos, pois eram muito amigos da irmã. Quando terminaram, apesar das súplicas do jovem Duque, ordenou que todos fossem para a cama, dizendo que nada mais podia ser feito naquela noite e que na manhã seguinte telegrafaria para a Scotland Yard, pedindo que mandassem imediatamente alguns detetives.

Exatamente quando saíam do salão de jantar começou a tocar meia-noite no relógio da torre. Ao soar a última badalada, todos ouviram um estrondo e um grito agudo; um medonho trovão fez estremecer a casa e acordes de música celestial flutuaram no ar. No alto da escada, um painel abriu-se de repente com grande ruído e no patamar, muito pálida, com um pequeno cofre na mão, apareceu Virgínia. Todos correram para ela. Mrs. Otis abraçou-a apaixonadamente, o Duque afogou-a em violentos beijos e os gêmeos executaram uma louca dança de guerra ao redor do grupo.

— Meu Deus, filha! Onde esteve? — perguntou Mr. Otis meio zangado, pensando que ela lhes pregara uma peça. — Cecil e eu percorremos toda a região à sua procura e sua mãe estava morrendo de aflição. Nunca mais faça brincadeiras assim.

— Exceto com o Fantasma! Exceto com o Fantasma! — gritaram os gêmeos em meio às suas cabriolas.

— Minha querida, graças a Deus você foi encontrada. Nunca mais se separe de mim — murmurou Mrs. Otis, beijando a trêmula menina e alisando-lhe os cabelos louros e embaraçados.

— Papai, estive com o Fantasma — falou Virgínia tranquilamente. — Ele está morto e o senhor precisa vir vê-lo. Foi muito mau, porém estava arrependido de tudo o que tinha feito e antes de morrer deu-me esta caixa com lindas joias.

Toda a família olhou-a tomada de mudo assombro, mas Virgínia estava séria e falava com gravidade. Voltando-se, conduziu-os através da abertura da parede por um estreito corredor secreto; Washington seguiu-os com uma vela acesa que apanhara de sobre a mesa. Finalmente chegaram a uma porta de carvalho guarnecida de pregos enferrujados. Quando Virgínia a tocou, a porta girou sobre seus pesados gonzos e a família se encontrou num pequeno quarto baixo, de teto abobadado, com uma estreita janela gradeada. Embutida na parede, via-se uma enorme argola de ferro e preso a ela um esqueleto que se achava estirado ao comprido no chão de pedra e parecia tentar agarrar com seus longos dedos descarnados um antigo prato e um jarro colocados fora do seu alcance. O jarro evidentemente contivera água, pois estava interiormente coberto por um mofo esverdeado. Nada havia no prato senão um monte de pó. Virgínia ajoelhou-se ao lado do esqueleto e, juntando as mãos, começou a rezar em silêncio, enquanto o resto do grupo contemplava assombrado a horrível tragédia cujo segredo lhes tinha sido revelado.

— Vejam! — exclamou um dos gêmeos que estava olhando pela janela a fim de descobrir em que ala do castelo estava situado o quarto. — Vejam! A velha amendoeira floriu. Distingo as flores claramente ao luar.

— Deus o perdoou — disse Virgínia gravemente, pondo-se de pé. E seu rosto parecia iluminado por uma luz interior.

— Você é um anjo! — exclamou o jovem Duque, enlaçando-lhe o pescoço e beijando-a.

* * *

Quatro dias depois desses estranhos incidentes, saiu um funeral de Canterville Chase cerca das 11 horas da noite. O esquife era puxado por oito cavalos negros, de cabeça ornada com um grande tufo de plumas de avestruz, e o caixão de chumbo estava coberto por uma rica mortalha púrpura, onde se viam bordadas a ouro as armas dos Canterville. Ao lado do esquife e das carruagens seguiam os criados com tochas acesas. A procissão era extremamente impressionante. Lorde Canterville tinha vindo de Gales especialmente para assistir ao funeral e estava na primeira carruagem com Virgínia. Em seguida, vinham o Ministro dos Estados Unidos e sua esposa; depois Washington e os dois meninos, e na última carruagem, Mrs. Umney. Era opinião geral que, por ter sido assustada pelo Fantasma durante mais de cinquenta anos, tinha o direito de assistir ao seu enterro. Haviam cavado uma profunda sepultura na extremidade do cemitério, exatamente sob o velho teixo. As orações fúnebres foram recitadas de modo impressionante pelo rev. L. Augustus Dampier. Quando terminou a cerimônia, os criados, de acordo com um velho costume observado na família Canterville, apagaram suas tochas; no momento em que o caixão baixava à sepultura, Virgínia adiantou-se e colocou sobre ele uma grande cruz de flores cor-de-rosa e brancas. Naquele momento a lua saiu de trás de uma nuvem e inundou com sua luz prateada o velho cemitério. Num bosque distante um rouxinol começou a cantar. Virgínia recordou as palavras do Fantasma sobre o Jardim da Morte, seus olhos ficaram marejados de lágrimas e ela quase não falou no trajeto de volta.

Na manhã seguinte, antes que Lorde Canterville partisse para a cidade, Mr. Otis teve com ele uma entrevista a respeito das joias que o Fantasma dera a Virgínia. Eram magníficas, principalmente um certo colar de rubis de velha montagem veneziana, que era na verdade um soberbo exemplar de lavor do século XVI. Era tão valioso que Mr. Otis sentiu consideráveis escrúpulos em permitir que a filha o aceitasse.

— Milorde — disse —, sei que neste país a alienação de bens aplica-se tanto a joias como a terras e é bem claro que estas joias são ou deveriam ser propriedade de sua família. Suplico-lhe, portanto, que as leve para Londres e que as considere simplesmente como parte de seus bens que lhe foi devolvida em estranhas circunstâncias. Quanto à minha filha, é uma simples criança e até agora, agrada-me dizê-lo, tem pouco interesse por objetos de vão luxo. Fui também informado por Mrs. Otis — que não deixa de ser uma autoridade sobre arte, pois teve o privilégio de passar vários invernos em Boston, quando era moça — que estas gemas são de grande valor monetário e se fossem postas à venda alcançariam elevados preços. Em tais circunstâncias, Lorde Canterville, estou certo de que reconhecerá ser-me impossível consentir que elas permaneçam na posse de um membro da minha família; e, na verdade, todos esses frívolos adornos, por mais necessários e convenientes à aristocracia inglesa, estariam completamente deslocados entre pessoas educadas nos severos e imortais princípios da simplicidade republicana. Devo mencionar talvez que Virgínia está muito ansiosa por que o senhor lhe permita guardar a caixa como recordação de seu extraviado e infeliz antepassado. Como o cofre é extremamente velho e consequentemente muito estragado, o senhor talvez julgue razoável atender-lhe o pedido. Por meu lado, confesso que estou surpreendido ao ver um filho meu demonstrar simpatia por qualquer espécie de medievalismo e só posso compreendê-lo pelo fato de Virgínia ter nascido num subúrbio de Londres, pouco depois de Mrs. Otis regressar de uma viagem a Atenas.

Lorde Canterville ouviu gravemente o discurso do digno Ministro, alisando de vez em quando seu bigode grisalho, a fim de ocultar um involuntário sorriso, e, quando Mr. Otis terminou, apertou-lhe cordialmente a mão e disse:

— Meu caro senhor, sua encantadora filhinha prestou ao meu antepassado, Sir Simon, um importante serviço e eu e minha família estamos endividados para com ela por sua maravilhosa coragem e energia. As joias lhe pertencem e creio que, se eu fosse tão mesquinho que lhas tirasse, meu maldoso antepassado sairia do túmulo dentro de duas semanas, fazendo-me viver uma atormentada existência. Quanto a serem joias de família, só os objetos mencionados num testamento ou documento legal são considerados bens e a existência dessas joias é inteiramente desconhecida. Asseguro-lhe que não tenho mais direitos sobre elas do que o seu mordomo, e, quando Miss Virgínia crescer, ouso dizer que ficará satisfeita por ter lindas joias para usar. Além disso, o senhor esquece que adquiriu o mobiliário, e o Fantasma e qualquer coisa que tenha pertencido a ele passa imediatamente ao seu poder, pois fosse qual fosse a atividade exercida por Sir Simon no corredor à noite, por lei estava realmente morto e o senhor adquiriu sua propriedade por compra.

Mr. Otis ficou bastante perturbado com a recusa de Lorde Canterville e pediu-lhe que reconsiderasse a decisão, mas o bondoso cavalheiro manteve-se inflexível e finalmente convenceu o Ministro a permitir que sua filha conservasse o presente que o Fantasma lhe tinha dado. E quando, na primavera de 1890, a jovem Duquesa de Cheshire foi apresentada à Rainha, por ocasião de seu casamento, suas joias foram tema universal de admiração. Virgínia recebeu a coroazinha, que é a recompensa de todas as jovens americanas bem-educadas, e casou-se com seu jovem namorado assim que este completou a maioridade. Eram ambos tão encantadores e se amavam tanto que todos ficaram satisfeitíssimos com o casamento, exceto duas pessoas: a velha Marquesa de Dumbleton, que tentara agarrar o Duque para uma de suas sete filhas solteiras e havia dado com esse propósito nada menos que três dispendiosas festas; e, embora pareça estranho, o próprio Mr. Otis. Pessoalmente Mr. Otis gostava muito do jovem Duque, mas teoricamente fazia objeções a títulos. Para usar suas próprias palavras, "não deixava de estar apreensivo, pois, entre as influências deletérias de uma aristocracia amante do prazer, os verdadeiros princípios de simplicidade republicana poderiam ser esquecidos". Suas objeções, contudo, foram inteiramente rejeitadas e creio que, quando ele percorreu a nave de St. George, Hanover Square, com a filha apoiada no seu braço, não havia homem mais orgulhoso em todo o território inglês.

O Duque e a Duquesa, depois da lua de mel, foram a Canterville Chase e no dia seguinte ao de sua chegada caminharam até o abandonado cemitério ao lado do pinheiral. A princípio houve muita discussão a respeito do epitáfio para o túmulo de Sir Simon, mas finalmente decidiram gravar sobre ele apenas as iniciais do velho cavalheiro e os versos da janela da biblioteca. A Duquesa trouxera lindas rosas e espalhou-as sobre o túmulo. Depois de ficarem ali por um instante, caminharam vagarosamente até o coro arruinado da velha abadia. A Duquesa sentou-se numa pilastra caída, e o Duque estirou-se a seus pés, fumando um cigarro e contemplando os belos olhos da esposa. De súbito, lançou fora o cigarro, apoderou-se da mão de Virgínia e disse:

— Virgínia, a esposa não deve ter segredos para o marido.

— Meu querido Cecil! Eu não tenho segredos para você.

— Sim, tem — replicou ele sorrindo. — Você nunca me contou o que lhe aconteceu quando estava com o Fantasma.

— Nunca revelei isto a pessoa alguma — disse Virgínia gravemente.

— Eu sei, mas você poderia contar a mim.

— Por favor, não me faça perguntas, Cecil. Nada lhe posso dizer. Pobre Sir Simon! Devo-lhe muito. Sim, não ria, Cecil, é verdade. Ele me mostrou o que é a Vida e o que significa a Morte e por que o Amor é mais forte que ambos.

O Duque se ergueu e beijou-a carinhosamente.

— Pode guardar seu segredo, contanto que eu possua seu coração.

— Ele sempre foi seu, Cecil.

— E algum dia você contará às crianças, não é?

Virgínia corou.

O Príncipe Feliz

Muito acima da cidade, sobre uma alta coluna, erguia-se a estátua do Príncipe Feliz. Era toda revestida de finas folhas de ouro e tinha por olhos duas brilhantes safiras e no punho da sua espada cintilava um enorme rubi. A estátua era por todos muito admirada, e com razão.

— É bela como um catavento — observou um dos conselheiros da cidade, que pretendia passar por homem de bom gosto artístico —; só não é tão útil — acrescentou logo, com receio de que o tomassem por homem pouco prático, o que de fato não era.

— Por que não és como o Príncipe Feliz? — perguntou um dia uma mãe sensível ao filho que lhe pedia a lua, chorando. — O Príncipe Feliz nunca se lembra de chorar por coisa nenhuma.

— Ainda bem que há no mundo quem seja inteiramente feliz — murmurou um desiludido, ao contemplar a admirável estátua.

— Parece realmente um anjo — diziam os meninos do orfanato, ao saírem da catedral com as capas de vivo escarlate e os bibes muito brancos.

— Como o sabeis? — observou o professor de Matemática. — Nunca vistes nenhum.

— Ah! Temo-los visto em sonhos — responderam as crianças; e o professor franziu o sobrolho e tomou um ar severo, porque não aprovava que as crianças sonhassem.

Uma noite, voou por cima da cidade uma andorinha. As suas amigas tinham partido para o Egito havia seis semanas; ela, porém, se atrasara, enamorada como estava de um junco muito gracioso. Conhecera-o nos princípios da primavera, no momento em que descia o rio, perseguindo uma grande borboleta amarela, e por tal forma a atraíra a cintura esbelta do junco, que se detivera para falar com ele.

— Queres que te ame? — perguntara a andorinha, que não gostava de perder tempo com rodeios.

E o junco fizera-lhe uma profunda vênia. Voara, então, repetidas vezes à roda dele, roçando a água com as pontas das asas e produzindo mil ondulações de prata. Era este o seu modo de lhe fazer a corte e prolongou-a por todo o verão.

— Que afeição mais ridícula! — chirreavam as outras andorinhas. — Ele não tem dinheiro e tem muitos parentes.

E, na realidade, o rio estava cheio de juncos.

Quando o outono chegou, todas as andorinhas se foram embora. Depois que partiram, começou ela a sentir-se muito só e a enfastiar-se do seu amado.

— O junco não diz uma palavra — observou ela — e receio que seja um pouco leviano, porque está sempre a flertar com a brisa.

E, de fato, sempre que a brisa soprava, o junco fazia-lhe as mais graciosas cortesias.

— Além do mais, ele é muito caseiro — continuou —, enquanto eu adoro as viagens, e o meu esposo deve, por consequência, gostar de viajar também.

— Queres vir comigo? — perguntou-lhe, por fim.

Mas o junco abanou a cabeça; era por demais apegado ao seu lar para poder segui-la.

— Tens andado a brincar comigo — disse ela. — Vou partir para as pirâmides. Adeus!

E começou a voar. Voou o dia inteiro e à noite chegou à cidade.

— Onde vou instalar-me? — disse. — A cidade deve estar preparada para me receber.

E viu então a estátua do Príncipe Feliz sobre a alta coluna.

— Vou-me instalar ali — murmurou. — Esplêndido lugar e muito ar fresco.

E foi pousar entre os pés do Príncipe Feliz.

— Tenho um quarto de dormir dourado — disse baixinho de si para consigo, enquanto olhava em redor e se preparava para dormir. Mas, no momento preciso em que ia meter a cabecinha debaixo da asa, caiu-lhe em cima uma grande gota de água.

— É extraordinário! — exclamou. — Não há uma só nuvem no céu, as estrelas cintilam e, não obstante, está chovendo! O clima do norte da Europa é realmente horrível. O junco gostava de chuva, mas era apenas por egoísmo.

Então, caiu uma nova gota.

— Para que serve uma estátua — disse — se não é capaz de proteger-me da chuva? Tenho de procurar uma boa chaminé.

E já ia levantar voo. Mas, antes de abrir as asas, uma terceira gota caiu. Levantou os olhos e viu... Ah! que viu ela? Os olhos do Príncipe Feliz estavam rasos de lágrimas, e lágrimas lhe banhavam as faces de ouro. Tão belo era o seu rosto, batido pelo luar, que a andorinha se sentiu cheia de compaixão.

— Quem és tu? — perguntou-lhe.

— Sou o Príncipe Feliz.

— Por que choras, então? — perguntou a andorinha. — Encharcaste-me por completo.

— Quando eu era vivo e tinha um coração humano — respondeu a estátua —, não sabia o que eram lágrimas, pois vivia no palácio de Sans-Souci, onde é vedado o ingresso à dor. De dia brincava com os meus companheiros no jardim e à noite dirigia a dança no grande salão de baile. Em roda do jardim corria um muro muito alto, mas nunca me lembrei de perguntar o que se passava além dele. Tudo à volta de mim era belo. Os meus cortesãos chamavam-me o Príncipe Feliz, e eu era feliz, de fato, se o prazer é felicidade. Assim vivi e assim morri. E agora, depois de morto, colocaram-me nesta coluna, tão alto que posso ver toda a fealdade e miséria da minha cidade; e, embora o meu coração seja de bronze, não posso deixar de chorar.

"O quê! Ele não é de ouro maciço?", disse consigo mesma a andorinha, que era suficientemente educada para não fazer observações pessoais em voz alta.

— Lá longe — continuou a estátua numa voz baixa e musical —, numa pequena rua, há uma casa pobre. Uma janela está aberta e por ela vejo uma mulher sentada à mesa; tem a face magra e cansada, e as mãos vermelhas e feridas da agulha, pois é costureira. Está bordando flores de martírio num vestido de cetim que a mais bela dama de honra da rainha há de vestir no próximo baile da Corte. Num leito, a um canto do quarto, está o seu filho doente; tem febre e pede laranjas. Mas ela nada tem para lhe dar além de água do rio, e por isso ele chora. Andorinha, andorinha, querida andorinha, queres levar-lhe o rubi do punho da minha espada? Os meus pés estão soldados a este pedestal e não posso mover-me.

— Esperam-me no Egito — respondeu a andorinha. — As minhas amigas andam a voar pelo Nilo e a conversar com as grandes flores de lótus; em breve irão acolher-se no túmulo do grande rei. O próprio rei está lá ainda no seu caixão colorido, envolto em linho amarelo e embalsamado em especiarias. Ao pescoço tem um colar de jade verde-pálido e suas mãos são como folhas secas.

— Andorinha, andorinha, querida andorinha — disse o Príncipe. — Não queres permanecer comigo uma só noite e ser a minha mensageira? O pequenino arde em sede, e a mãe está tão triste!

— Eu não simpatizo com os rapazes — replicou a andorinha. — No verão passado, quando eu voava pelo rio, havia dois rapazes malcriados, os filhos do moleiro, que estavam sempre a atirar-me pedras. É claro que nunca me acertaram, porque nós, as andorinhas, voamos muito bem; demais, eu descendo duma família famosa pela sua agilidade; contudo, era uma falta de respeito.

Mas o Príncipe ficou tão triste que a andorinha teve pena.

— Aqui está muito frio — disse ela. — No entanto, permanecerei contigo uma noite e serei a tua mensageira.

— Muito obrigado, querida andorinha — disse o Príncipe.

A andorinha arrancou então da espada do Príncipe o grande rubi, levando-o no bico por cima dos telhados da cidade. Passou junto da torre da catedral, onde estavam esculpidos anjos de mármore branco. Passou pelo palácio e ouviu os sons de uma dança. Uma linda jovem saiu para a sacada com o namorado.

— Como são belas as estrelas — disse-lhe ele — e quão forte é o poder do amor!

— Espero que o meu vestido esteja pronto para o baile de gala — respondeu ela. — Mandei bordá-lo de martírios; mas a costureira é tão preguiçosa!

Atravessou o rio, e viu as lanternas que pendiam dos mastros dos navios. Passou sobre o Gueto e viu os velhos judeus negociando entre si e pesando moedas em balanças de cobre. Por fim chegou à casa pobre e espreitou. O pequeno agitava-se febrilmente no leito, e a mãe tinha adormecido de fadiga. Entrou e colocou o grande rubi sobre a mesa, ao lado do dedal. Depois voou docemente à roda da cama do pequenino, refrescando-lhe a fronte com as asas.

— Como me sinto fresco! — disse o pequeno. — Devo estar muito melhor.

E caiu num sono delicioso.

A andorinha voltou para o Príncipe Feliz e contou-lhe o que tinha feito.

— É curioso! — observou ela. — Agora sinto calor, apesar de estar tão frio.

— É porque praticaste uma boa ação — respondeu o Príncipe.

E a andorinha começou a pensar e adormeceu. Pensar fazia-a sempre dormir. Mal rompeu o dia, voou para o rio e tomou um banho.

— Que fenômeno mais raro! — disse o professor de Ornitologia, que passava na ponte. — Uma andorinha no inverno!

E escreveu uma longa carta para a gazeta local sobre o assunto. Toda a gente a citava porque estava cheia de palavras, mas ninguém a compreendia.

— Esta noite parto para o Egito — disse a andorinha, muito alegre com essa perspectiva.

Visitou todos os monumentos públicos e esteve muito tempo pousada no cimo do campanário da igreja. Por onde quer que passava, chilreavam os pardais uns para os outros:

— Que estrangeira tão distinta!

E isso dava-lhe muito prazer.

Quando a lua nasceu, voltou para junto do Príncipe Feliz.

— Tens algum recado para o Egito? — perguntou. — Vou partir agora mesmo.

— Andorinha, andorinha, querida andorinha — disse o Príncipe. — Não queres passar mais uma noite comigo?

— Esperam-me no Egito — respondeu a andorinha.

— Amanhã as minhas amigas voarão para a Segunda Catarata. É ali que o hipopótamo se deita entre os juncais, e o deus Memnon se senta num grande trono de granito. Toda noite contempla os astros e, quando desponta a estrela da manhã, solta um grito de alegria e emudece de novo. Ao meio-dia leões fulvos descem à margem do rio para beber. Seus olhos são verdes como os berilos e seu rugido é mais forte que o rugido das cataratas.

— Andorinha, andorinha, querida andorinha — disse o Príncipe. — Longe, muito longe, vejo um jovem numa água-furtada. Está debruçado sobre uma mesa cheia de papéis e num copo a seu lado há um ramo de violetas murchas. Tem o cabelo castanho e ondulado, uns lábios tão vermelhos como a romã e uns olhos grandes e sonhadores. Tenta acabar uma peça para o diretor do teatro, mas está muito frio para escrever mais. Não há lenha no fogão e ele já vai desfalecer de fome.

— Ficarei contigo mais uma noite — disse a andorinha, que tinha realmente um bom coração. — Queres que lhe leve outro rubi?

— Ai! Já não tenho mais rubis — disse o Príncipe Feliz. — Só me restam os meus olhos. São duas raras safiras há mil anos trazidas da Índia. Arranca-me um deles e leva-lho. Ele o venderá a um joalheiro, comprará comida e lenha e acabará a sua peça.

— Querido Príncipe — disse a andorinha —, não posso fazer semelhante coisa.

E pôs-se a chorar.

— Andorinha, andorinha, querida andorinha — disse o Príncipe —, faze o que te mando.

Então a andorinha arrancou um dos olhos do Príncipe e voou em direção à água-furtada, onde vivia o estudante.

Era muito fácil entrar lá por um buraco do telhado. Entrou por ele e penetrou no quarto. O jovem tinha a cabeça enterrada nas mãos e não ouviu o sussurro das asas da ave. Quando ergueu os olhos, encontrou a formosa safira sobre as violetas murchas.

— Começo a ser apreciado — exclamou. — Isto deve vir de algum grande admirador. Agora já posso acabar a minha peça.

E sentiu-se muito feliz.

No dia seguinte, a andorinha voou para o porto. Pousou no mastro dum grande navio e viu os marinheiros tirarem grandes arcas do porão por meio de cordas.

"Upa-iça!", gritavam eles, a cada arca que subia.

— Vou para o Egito — disse a andorinha.

Mas ninguém lhe prestou atenção, e, quando a lua nasceu, voltou para junto do Príncipe Feliz.

— Andorinha, andorinha, querida andorinha — disse ele —, não queres ficar mais uma noite comigo?

— É inverno — retorquiu ela — e a fria neve em breve chegará aqui. No Egito o sol brilha quente sobre as palmeiras verdes e os crocodilos estendem-se no lodo, olhando em roda, preguiçosamente. As minhas companheiras já estão fazendo seus ninhos no Templo de Baalbec e as pombas brancas e cor-de-rosa seguem-nas com a vista e arrulham entre si. Tenho que deixar-te, querido Príncipe, mas nunca te esquecerei. Na próxima primavera hei de trazer-te duas lindas joias em lugar daquelas de que te desfizeste. O rubi será mais rubro que uma rosa vermelha e a safira será azul como o mar imenso.

— Lá embaixo na praça — disse o Príncipe Feliz — está uma pobre menina que vende fósforos. Deixou cair os fósforos na valeta e estragaram-se; o pai bater-lhe-á se não lhe levar para casa algum dinheiro e por isso ela chora, a coitadinha. Não tem sapatos nem meias. Arranca-me o outro olho e leva-lho, e o pai não lhe baterá.

— Ficarei contigo mais uma noite — disse a andorinha —, mas não posso arrancar-te o outro olho. Ficarias completamente cego.

— Andorinha, andorinha, querida andorinha, faze o que te mando — disse o Príncipe.

A andorinha arrancou-lhe então o outro olho e partiu com ele. Ao passar junto da mocinha, deixou-lhe cair a joia na palma da mão.

— Que bonito pedaço de cristal! — exclamou ela, e correu para casa, muito contente.

A andorinha voltou para junto do Príncipe.

— Agora estás cego — disse ela — e ficarei sempre contigo.

— Não, querida andorinha — respondeu ele —, tens de partir para o Egito.

— Ficarei sempre contigo — disse a andorinha; e adormeceu aos pés do Príncipe Feliz.

Todo o dia seguinte esteve pousada no ombro do Príncipe e contou-lhe histórias que tinha visto em terras estranhas. Falou-lhe dos íbis vermelhos que param em longas fileiras pelas margens do Nilo e apanham com o bico peixes encarnados; da Esfinge, que é tão velha como o mundo, vive solitária no deserto e tudo sabe; dos mercadores que caminham vagarosamente ao lado dos seus camelos e trazem nas mãos contas de âmbar; falou-lhe do Rei das Montanhas da Lua, que é preto como o ébano e adora um enorme cristal; da grande serpente verde, que dorme numa palmeira e que vinte sacerdotes alimentam com bolos de mel, e dos pigmeus, que navegam num grande lago, embarcados em largas folhas, e andam sempre com as borboletas.

— Contas-me coisas singulares, querida andorinha! — disse o Príncipe Feliz. — Mas ainda mais singular que tudo é o sofrimento dos homens e das mulheres. Não há mistério algum tão grande como a Miséria. Voa sobre a minha cidade, andorinha, e dize-me o que lá vês.

Então, a andorinha sobrevoou a grande cidade e viu os ricos a divertirem-se nas suas moradias suntuosas e os pobres sentados nos portões. Voou até ruelas escuras e viu as faces pálidas de crianças que morriam de fome, olhando distraídas para as ruas sombrias. Debaixo do arco de uma ponte estavam deitados dois rapazinhos, abraçados um ao outro para se aquecerem.

— Temos tanta fome! — diziam eles.

— Não podem ficar aqui! — falou-lhes o guarda; e eles saíram para a chuva.

A andorinha voltou para o Príncipe e disse-lhe o que vira.

— Eu estou coberto de fino ouro — disse ele. — Tens de tirá-lo folha a folha e dá-lo aos meus pobres. Os vivos cuidam sempre que o ouro pode fazê-los felizes.

Folha após folha de fino ouro arrancou a andorinha, até que o Príncipe ficou todo feio e negro. Folha após folha de fino ouro levou aos pobres, e as faces das criancinhas ganhavam cor e elas riam e brincavam nas ruas.

— Agora temos pão — diziam elas.

Por fim, chegou a neve e, depois da neve, o gelo. As ruas estavam tão brancas e brilhantes que se diriam feitas de prata. Compridos pingentes, como adagas de cristal, pendiam dos beirais dos telhados; toda a gente se vestia de peles, e os meninos, com os seus barretes escarlates, patinavam no gelo. A pobre andorinha tinha cada vez mais frio, mas não queria abandonar o Príncipe que tanto amava. Apanhava migalhas à porta do padeiro, quando ele não via, e procurava aquecer-se batendo as asas.

Por fim, percebeu que ia morrer. Mal teve forças para voar mais uma vez para os ombros do Príncipe.

— Adeus, querido Príncipe — disse baixinho. — Deixas-me beijar a tua mão?

— Estou contente por partires, finalmente, para o Egito — disse o Príncipe. — Estiveste aqui muito tempo; mas é nos lábios que deves beijar-me, porque te amo muito.

— Não é para o Egito que eu vou — respondeu a andorinha. — Vou para a Mansão da Morte. A Morte é irmã do Sono, não é verdade?

E, dizendo isto, beijou o Príncipe nos lábios e caiu morta a seus pés.

No mesmo instante, um estranho estalido soou dentro da estátua, como se alguma coisa se tivesse quebrado. E realmente o coração de bronze tinha-se partido em dois. Estava fazendo, sem dúvida, um frio muito intenso.

Na manhã seguinte, o prefeito da cidade, em companhia dos conselheiros, passeava na praça. Ao passar pela coluna, olhou para a estátua e exclamou:

— Santo Deus! Que miserável aspecto tem o Príncipe!

— Que miserável aspecto, na verdade — exclamaram os conselheiros, que eram sempre da opinião do prefeito. E subiram a ver a estátua.

— Caiu-lhe o rubi da espada; perdeu os olhos, e todo o ouro desapareceu — exclamou o prefeito. — Realmente, é pouco mais do que um mendigo.

— Pouco mais do que um mendigo — repetiram os conselheiros.

— E até com um pássaro morto aos pés! — continuou o prefeito. — Temos de publicar um decreto proibindo às aves viver e morrer aqui.

E o secretário tomou nota da sugestão. E apearam então a estátua do Príncipe Feliz.

— Como já não é belo, já não é útil — disse o professor de arte da universidade.

Então fundiram a estátua num forno e o prefeito convocou uma assembleia da corporação para decidir o que havia de ser feito com o metal.

— Temos de fazer outra estátua, evidentemente — disse ele —, e será a minha.

— A minha — disseram todos os conselheiros, e discutiram.

Da última vez que ouvi falar deles, discutiam ainda.

— Que coisa mais estranha! — disse o capataz da fundição. — Este coração de bronze não derrete no forno. Temos que jogá-lo fora.

E atiraram-no para um montão de lixo, onde se encontrava também a andorinha morta.

* * *

— Traze-me as duas coisas mais preciosas que houver na cidade — disse Deus a um dos seus anjos.

E o anjo levou-lhe o coração de bronze e a andorinha morta.

— Escolheste bem — disse Deus. — No meu jardim do paraíso esta avezinha cantará eternamente e na minha cidade de ouro o Príncipe Feliz há de bendizer-me para sempre.

O crime de Lorde Arthur Savile
Um estudo do dever

Era a última recepção de Lady Windermere antes da Páscoa e Bentinck House estava ainda mais movimentada que de costume. Seis Ministros de Gabinete haviam chegado da Speaker's Levée com todas as suas fitas e condecorações e as senhoras trajavam seus vestidos mais elegantes; na extremidade da galeria dos quadros encontrava-se a Princesa Sofia de Carlsruhe, uma volumosa senhora de origem tártara, com pequeninos olhos negros e esmeraldas maravilhosas, falando em voz alta num mau francês e rindo exageradamente por tudo o que lhe diziam. Era, na verdade, uma brilhante confusão de pessoas. Atraentes damas da nobreza conversavam afavelmente com violentos radicais; as casacas de conhecidos pregadores roçavam as de céticos eminentes; um enxame de bispos seguia uma prima-dona de salão em salão e diz-se que em dado momento a sala da ceia pululava de gênios. De fato, era uma das melhores recepções de Lady Windermere e a Princesa esteve presente até quase onze e meia.

Assim que ela se retirou, Lady Windermere voltou à galeria, onde um célebre economista político estava explicando solenemente a teoria científica da música a um virtuose húngaro, e se pôs a conversar com a Duquesa de Paisley. Estava lindíssima com seu longo pescoço de marfim, grandes olhos cor de violeta e abundantes cabelos dourados. *Or pur** e não aquela cor pálida que hoje em dia usurpa o gracioso nome de ouro, dourado que se encontra em raios de sol ou escondido no misterioso âmbar. E os cabelos davam-lhe ao rosto algo da auréola de um santo, além de uma boa parcela do fascínio de uma pecadora. Lady Windermere era um curioso estudo psicológico. Descobrira muito cedo uma importante verdade: nada se parece tanto com a inocência como uma imprudência; e por meio de uma série de aventuras audaciosas, metade das quais inteiramente inócuas, adquirira todos os privilégios de uma personalidade. Mudara de marido mais de uma vez; na verdade, Debret atribui-lhe três casamentos; como,

---

* Ouro puro (em francês no original).

porém, nunca mudara de amante, a sociedade havia muito deixara de murmurar a seu respeito. Tinha então quarenta anos, nenhum filho e possuía desmesurada paixão pelo prazer.

Lady Windermere olhou subitamente ao redor e perguntou com sua clara voz de contralto:

— Onde está o meu quiromante?

— Seu o quê, Gladys? — exclamou a Duquesa, com um involuntário sobressalto.

— Meu quiromante, Duquesa; atualmente não posso viver sem ele.

— Minha querida Gladys, você é sempre tão original! — murmurou a Duquesa, tentando recordar o que era um quiromante e esperando que não fosse o mesmo que calista.

— Ele examina minha mão duas vezes por semana — continuou Lady Windermere — e o que diz é muito interessante.

— Meu Deus! — falou a Duquesa com seus botões. — Afinal é uma espécie de calista. Que coisa horrível! Espero que seja um estrangeiro. Assim não seria tão mau.

— Preciso apresentá-lo à senhora.

— Apresentá-lo! — exclamou a Duquesa. — Você quer dizer que ele está aqui?

E começou a procurar um pequeno leque de tartaruga e um xale de renda muito rasgado, a fim de estar pronta para sair a qualquer momento.

— Está aqui, naturalmente; não sonharia em dar uma festa sem ele. Disse-me que tenho a mão puramente psíquica e que se meu polegar fosse um pouquinho mais curto eu seria positivamente pessimista e teria entrado para um convento.

— Ah! Entendo — disse a Duquesa, tranquilizando-se. — Ele prediz acontecimentos, não é?

— E desgraças também, seja qual for o número delas — respondeu Lady Windermere. — No próximo ano, por exemplo, estarei em grande perigo, tanto na terra como no mar; portanto, vou viver num balão e receber o jantar numa cesta todas as noites. Isto está escrito no meu dedo mínimo ou na palma da minha mão, não sei bem.

— Mas isso é tentar a Providência, Gladys.

— Minha cara Duquesa, a Providência já deve saber resistir a tentações. Acho que todos deviam mandar ler a mão uma vez por mês, a fim de saber o que não devem fazer. Naturalmente faz-se tudo da mesma maneira, mas é tão agradável estar prevenido! Se alguém não for buscar Mr. Podgers agora, eu mesma terei que ir.

— Permita que eu vá, Lady Windermere — disse um rapaz alto e belo que estava próximo, ouvindo a conversa com um sorriso divertido.

— Muito obrigada, Lorde Arthur, mas temo que não o reconheça.

— Se é tão maravilhoso como diz, Lady Windermere, não poderia deixar de reconhecê-lo. Diga-me qual é sua aparência e eu lho trarei imediatamente.

— Bem, ele não parece quiromante de modo algum. Quero dizer, não é misterioso, esotérico ou romântico. É um homem baixo e gordo, com uma calva engraçada e grandes óculos de aro dourado; algo entre um médico de família e um advogado do interior. Sinto muito, mas a culpa não é minha. As pessoas são tão aborrecidas! Todos os meus pianistas parecem poetas e todos os meus poetas parecem exatamente pianistas. Lembro-me de que na última temporada convidei para jantar um terrível conspirador, um homem que havia assassinado muitas pessoas, usava sempre uma cota de malha e carregava um punhal na manga do paletó. E sabe que ele parecia exatamente um pastor simpático e idoso e contou anedotas a noite inteira? Foi muito engraçado, naturalmente, mas eu fiquei terrivelmente decepcionada. Quando lhe falei a respeito da cota de malha, ele apenas riu e disse que era fria demais para ser usada na Inglaterra. Ah! Aqui está Mr. Podgers. Mr. Podgers, quero que leia a mão da Duquesa de Paisley. Duquesa, precisa tirar a luva. Não, a esquerda não. A outra.

— Querida Gladys, acho que isso não é correto — disse a Duquesa, desabotoando hesitante uma luva de camurça um tanto suja.

— As coisas interessantes nunca são corretas — disse Lady Windermere —; *on a fait le monde ainsi.** Mas preciso apresentá-los. Duquesa, este é Mr. Podgers, meu quiromante favorito. Mr. Podgers, esta é a Duquesa de Paisley, e se o senhor disser que ela tem a montanha da lua maior do que a minha, nunca mais acreditarei no senhor.

— Estou certa, Gladys, de que não tenho nada disso na minha mão — disse gravemente a Duquesa.

* O mundo é assim mesmo (em francês no original).

— Sua Graça tem razão — disse Mr. Podgers, lançando um olhar à gorda mão de dedos curtos e quadrados. — A montanha da lua não está desenvolvida. A linha da vida, contudo, é excelente. Tenha a bondade de inclinar o pulso. Obrigado. Três linhas distintas na *rascettel*! Viverá longos anos, Duquesa, e será extremamente feliz. Ambição: muito moderada; linha do intelecto não exagerada, linha do coração...

— Vamos, seja indiscreto, Mr. Podgers! — exclamou Lady Windermere.

— Nada me daria maior prazer — respondeu Mr. Podgers, inclinando-se — se a Duquesa tivesse dado motivos; porém, sinto dizer que vejo grande constância de afeição, combinada com um forte senso do dever.

— Por favor, continue, Mr. Podgers — disse a Duquesa, muito satisfeita.

— A economia não é a menor das virtudes de Sua Graça — continuou Mr. Podgers, e Lady Windermere desatou a rir.

— Economia é uma coisa muito boa — observou a Duquesa, complacente. — Quando me casei com Paisley ele tinha 11 castelos e nenhuma casa em que se pudesse morar.

— E agora ele tem 12 casas e nem um só castelo — exclamou Lady Windermere.

— Bem, minha querida, eu gosto...

— De conforto — completou Mr. Podgers — e instalações modernas e água quente em todos os quartos. Sua Graça tem toda a razão. O conforto é a única coisa que a nossa civilização nos pode dar.

— O senhor leu admiravelmente o caráter da Duquesa, Mr. Podgers, e agora precisa ler o de Lady Flora.

E, em resposta a um aceno da sorridente anfitriã, uma jovem alta, de cabelos cor de areia e omoplatas salientes, saiu desajeitadamente de trás do sofá e estendeu a mão comprida e magra, com dedos em forma de espátula.

— Ah! Uma pianista! — exclamou Mr. Podgers. — Uma excelente pianista, mas pouco musicista. Muito reservada, muito honesta e com um grande amor pelos animais.

— É verdade! — exclamou a Duquesa, voltando-se para Lady Windermere. — É absolutamente verdade! Flora tem duas dúzias de collies em Macloskie e transformaria nossa casa num jardim zoológico se o pai permitisse.

— Bem, é isso exatamente o que faço com minha casa todas as quintas-feiras — exclamou Lady Windermere, rindo. — Somente, eu gosto mais de leões do que de cães.

— É o seu único erro, Lady Windermere — disse Mr. Podgers, inclinando-se pomposamente.

— Se uma mulher não sabe fazer com que seus erros sejam encantadores, não passa de uma tola. — Foi a resposta. — Mas o senhor precisa ler outras mãos para nós. Venha, Sir Thomas, mostre a sua mão a Mr. Podgers.

Um senhor de aparência jovial, trajando um colete branco, adiantou-se e estendeu sua mão áspera e grossa, com o dedo mínimo muito longo.

— Natureza aventureira; quatro longas viagens no passado e uma no futuro. Naufragou três vezes. Não, apenas duas, mas em perigo de naufragar na próxima viagem. Conservador convicto, muito pontual, colecionador apaixonado de curiosidades. Teve uma séria doença entre os 16 e os 18 anos. Herdou uma fortuna quando tinha cerca de trinta anos. Tem grande aversão por gatos e radicais.

— Extraordinário! — exclamou Sir Thomas. — Precisa ler também a mão de minha esposa.

— Sua segunda esposa — disse Mr. Podgers tranquilamente, segurando ainda entre as suas as mãos de Sir Thomas. — Sua segunda esposa. Com todo prazer.

Contudo, Lady Marvel, uma pessoa melancólica, de cabelos castanhos e cílios românticos, recusou absolutamente ver exposto seu passado ou seu futuro; e Lady Windermere não conseguiu de modo algum convencer Monsieur de Koloff, o embaixador russo, sequer a tirar as luvas. De fato, várias pessoas pareciam temerosas de enfrentar o esquisito homenzinho de sorriso estereotipado, óculos de ouro e olhos brilhantes; e quando ele disse à pobre Lady Fremor, diante de todos, que ela não gostava absolutamente de música, mas que apreciava extremamente os músicos, tornou-se opinião geral que a quiromancia era uma ciência muito perigosa e que não devia ser encorajada, exceto em *tête-à-tête*.

Lorde Arthur Savile, contudo, que nada sabia a respeito da infeliz história de Lady Fremor e que estivera observando Mr. Podgers com muito interesse, ficou extremamente desejoso de que ele lhe lesse a mão; sentindo-se um tanto tímido para chamar a atenção sobre si, dirigiu-se à sala onde se encontrava Lady Windermere e, corando de modo encantador, perguntou-lhe se ela achava que Mr. Podgers se importaria de fazê-lo.

— Não, naturalmente! — respondeu Lady Windermere. — É para isso que ele está aqui. Todos os meus leões têm que fazer acrobacias e saltar através de arcos sempre que eu lhes peça. Devo preveni-lo antecipadamente, porém, de que vou contar tudo a Sybil. Ela vem almoçar comigo amanhã para conversarmos sobre chapéus, e, se Mr. Podgers descobrir que tem mau gênio, ou tendência para a gota ou uma esposa em Bayswater, vou contar-lhe tudo, sem dúvida alguma.

Lorde Arthur sorriu e sacudiu a cabeça.

— Não estou com medo — respondeu. — Sybil me conhece tão bem como eu a conheço...

— Ah! Fico um tanto penalizada ao ouvir tal coisa. A base mais adequada para o casamento é o mútuo desentendimento. Não, não estou sendo cínica absolutamente. Sou experiente, o que, afinal, vem a ser a mesma coisa. Mr. Podgers, Lorde Arthur está ansioso para que leia sua mão. Não lhe diga que está noivo de uma das mais lindas moças de Londres, porque isso foi publicado no *Morning Post* há um mês.

— Minha cara Lady Windermere — exclamou a Marquesa de Jedburgh —, deixe que Mr. Podgers fique aqui um pouco mais. Acaba de me dizer que eu devia ingressar no teatro e eu estou tão interessada!

— Se ele lhe disse isso, Lady Jedburgh, vou chamá-lo com certeza. Venha cá imediatamente, Mr. Podgers, e leia a mão de Lorde Arthur.

— Bem — disse Lady Jedburgh fazendo um pequeno muxoxo ao erguer-se do sofá —, se não posso entrar para o teatro, pelo menos devem permitir que eu faça parte da plateia.

— Naturalmente; nós todos vamos fazer parte da plateia — disse Lady Windermere. — E agora, Mr. Podgers, faça o possível para nos contar algo de agradável. Lorde Arthur é um dos meus favoritos.

Quando o quiromante olhou para a mão de Lorde Arthur, porém, ficou estranhamente pálido e não disse coisa alguma. Um arrepio percorreu-lhe o corpo e suas espessas sobrancelhas agitaram-se convulsamente, de um modo irritante e esquisito, o que lhe acontecia quando estava intrigado. Em seguida, grandes gotas de suor apareceram-lhe na testa, como um orvalho venenoso, e seus grossos dedos tornaram-se frios e pegajosos.

Lorde Arthur não deixou de notar esses sinais de agitação e, pela primeira vez na vida, sentiu medo. Seu impulso foi retirar-se apressadamente, mas conteve-se. Era melhor saber o pior, fosse o que fosse, do que ser deixado naquela horrível incerteza.

— Estou esperando, Mr. Podgers — disse.

— Todos nós estamos esperando — exclamou Lady Windermere com seu modo rápido e impaciente.

O quiromante, porém, não deu resposta.

— Acho que Arthur vai entrar no teatro — disse Lady Jedburgh — e que depois de ter sido censurado Mr. Podgers está com medo de dizê-lo.

De repente Mr. Podgers deixou cair a mão direita de Lorde Arthur e apoderou-se da esquerda, inclinando-se tanto para examiná-la que os aros dourados de seus óculos quase lhe tocavam a palma. Por um instante seu rosto se tornou uma pálida máscara de horror, mas logo recuperou o sangue-frio e, olhando para Lady Windermere, disse com um sorriso forçado:

— É a mão de um rapaz encantador.

— Não há dúvida! — respondeu Lady Windermere. — Será, porém, um marido encantador? É isto o que eu quero saber.

— Todos os rapazes encantadores o são — disse Mr. Podgers.

— Acho que um marido não deve ser demasiado fascinante — murmurou pensativa Lady Jedburgh. — É tão perigoso!

— Minha querida filha, eles nunca são demasiado fascinantes — exclamou Lady Windermere. — Mas o que eu quero são os detalhes. Só os detalhes interessam. Que acontecerá com Lorde Arthur?

— Bem, dentro de alguns meses Lorde Arthur vai viajar...

— Ah, sim, a lua de mel, naturalmente!

— E vai perder um parente.

— Não a irmã, espero — disse Lady Jedburgh, num tom lamentoso.

— Não a irmã, com toda a certeza — respondeu Mr. Podgers, com gesto de quem se desculpa. — Um parente afastado, apenas.

— Bem, estou horrivelmente desapontada — disse Lady Windermere. — Não tenho absolutamente nada para contar a Sybil amanhã. Hoje em dia ninguém mais se interessa por parentes afastados. Há anos que estão fora de moda. Contudo, suponho que seja conveniente ter à mão uma seda preta; fica bem para ir à igreja. E agora vamos cear. Com toda a certeza já comeram tudo, mas talvez ainda encontremos sopa quente. François costumava fazer uma sopa excelente, mas agora anda tão agitado com a política que não tenho mais confiança nele. Gostaria que o General Boulanger se aquietasse. Duquesa, espero que não esteja cansada.

— De modo algum, minha querida Gladys — respondeu a Duquesa, caminhando em direção à porta. — Diverti-me imensamente e o calista, quero dizer, quiromante, é muito interessante. Flora, onde estará o meu leque de tartaruga? Ah, obrigada, Sir Thomas. E meu xale de renda, Flora? Agradecida, Sir Thomas, é muita bondade sua.

E a digna criatura conseguiu finalmente descer as escadas, deixando cair seu vidro de sais apenas duas vezes.

Enquanto isso, Lorde Arthur permanecera de pé ao lado da lareira, subjugado pela mesma sensação de medo, pelo mesmo doentio pressentimento de catástrofe. Sorriu tristemente para a irmã, que passava de braço dado com Lorde Plymdale, encantadora com suas pérolas e seu vestido de brocado cor-de-rosa, e mal ouviu Lady Windermere que o convidava a segui-la. Pensava em Sybil Merton e a ideia de que algo podia surgir entre eles fazia com que seus olhos se enchessem de lágrimas.

Ao vê-lo, dir-se-ia que Nêmesis roubara o escudo de Palas e lhe mostrara a cabeça da Górgona. Parecia transformado em pedra e seu rosto ficara marmóreo naquela máscara de melancolia. Gozara sempre da vida fácil e luxuosa de um rapaz de nome e fortuna, vida maravilhosamente livre de cuidados sórdidos, despreocupada como a de um menino; e naquele momento, pela primeira vez, tivera consciência do terrível mistério da Sorte, do medonho significado da palavra Destino.

Como tudo lhe parecia louco e monstruoso! Seria possível que estivesse escrito na sua mão, em caracteres que ele próprio não podia ler, mas que outros podiam decifrar, algum medonho segredo, algum rubro sinal de crime? Não haveria escapatória? Somos nós nada mais que peças de um jogo de xadrez, movidas por forças invisíveis, vasos que o oleiro amolda segundo a sua fantasia? Sua razão se revoltava contra aquilo, e, no entanto, sentia que alguma tragédia o aguardava e que fora subitamente chamado a suportar uma responsabilidade intolerável. Os atores são criaturas felizardas. Podem escolher entre representar uma tragédia ou uma comédia, decidir se vão sofrer ou divertir-se, rir ou chorar. A vida real, porém, é diferente. A maioria dos homens e das mulheres é forçada a representar papéis para os quais não têm pendor. Nossos Guildensterns representam Hamlet e têm que gracejar com o Príncipe Hal. O mundo é um palco, mas o elenco é mal-escolhido.

De repente, Mr. Podgers entrou na sala. Ao ver Lorde Arthur, teve um sobressalto e seu rosto vulgar adquiriu uma tonalidade esverdeada. Os olhos dos dois homens se encontraram e houve silêncio durante um momento.

— A Duquesa deixou aqui uma de suas luvas, Lorde Arthur, e pediu-me para vir buscá-la — disse finalmente Mr. Podgers. — Ah, aqui está, no sofá! Boa noite!

— Mr. Podgers, insisto que dê uma resposta sincera à pergunta que lhe vou fazer.

— Noutra ocasião, Lorde Arthur. A Duquesa está com pressa. Preciso ir.

— O senhor não irá. A Duquesa não está com pressa.

— Não se deve fazer esperar as senhoras, Lorde Arthur — respondeu Mr. Podgers com seu sorriso doentio. — O belo sexo é capaz de se impacientar.

Os lábios bem-desenhados de Lorde Arthur curvaram-se em petulante desdém. A pobre Duquesa parecia-lhe muito pouco importante naquele momento. Atravessou a sala, dirigindo-se para onde se encontrava Mr. Podgers, e estendeu a mão.

— Diga-me o que viu aqui — falou. — Diga-me a verdade. Preciso sabê-la. Não sou uma criança.

Os olhos de Mr. Podgers brilharam por detrás de seus óculos de aro dourado e ele se moveu contrafeito, enquanto seus dedos brincavam nervosamente com uma espalhafatosa corrente de relógio.

— Por que julga que eu vi algo em sua mão além do que lhe disse, Lorde Arthur?

— Sei que viu e insisto que me diga o que foi. Pagar-lhe-ei. Dar-lhe-ei um cheque de cem libras.

Os olhos verdes brilharam por um momento e depois tornaram-se novamente opacos.

— Guinéus? — disse Mr. Podgers por fim, em voz baixa.

— Certamente. Mandar-lhe-ei o cheque amanhã. Qual é o seu clube?

— Não tenho clube. Isto é, ainda não tenho. Meu endereço é... Mas permita que lhe dê meu cartão.

E, tirando do bolso um pedacinho de cartolina debruada de dourado, entregou-o com uma profunda inclinação a Lorde Arthur, que leu:

Mr. Septimus R. Podgers
Quiromante Profissional
West Moon Street, 103-a

— Recebo das dez às quatro — murmurou mecanicamente Mr. Podgers — e faço abatimento para famílias.

— Seja rápido — exclamou Lorde Arthur muito pálido, estendendo a mão.

Mr. Podgers olhou nervosamente ao redor e puxou a pesada cortina, fechando a porta.

— Vai demorar um pouco, Lorde Arthur. É melhor sentar-se.

— Depressa — exclamou Lorde Arthur novamente, batendo zangado com o pé no chão encerado.

Mr. Podgers sorriu, tirou do bolso uma pequena lente de aumento e limpou-a cuidadosamente com o lenço.

— Estou pronto — falou.

* * *

Dez minutos depois, com o rosto pálido de terror e os olhos desvairados pela dor, Lorde Arthur Savile saiu apressadamente de Bentinck House, abrindo caminho entre a multidão de criados em capote de pele que estavam ao redor do amplo toldo listrado, parecendo não ver nem ouvir coisa alguma. A noite estava muito fria e as lâmpadas de gás ao redor da praça vacilavam ao vento cortante; suas mãos, porém, estavam febris e a testa ardia-lhe como fogo. Caminhava com o andar de um bêbado. Um policial olhou-o curioso ao passar e um mendigo que saiu de uma soleira para pedir esmola assustou-se vendo miséria maior que a sua. Parou uma vez sob um revérbero e olhou para as mãos, pensando surpreender nelas uma mancha de sangue, e um débil grito saiu-lhe dos lábios.

Crime! Eis o que o quiromante ali surpreendera... Crime! A própria noite parecia sabê-lo e o desolado vento uivava o segredo aos seus ouvidos. Dos ângulos sombrios da rua e dos tetos das casas a palavra ria para ele.

A princípio dirigiu-se ao parque, cujo bosque sombrio parecia fasciná-lo. Apoiou-se fatigado às grades, refrescando a testa contra o metal molhado e ouvindo o trêmulo silêncio das árvores. "Crime! Crime!", repetia, como se a reiteração pudesse diminuir o horror da palavra. O som de sua própria voz fê-lo estremecer, mas quase desejou que o eco pudesse ouvi-la e despertasse de seus sonhos a cidade adormecida. Sentiu um louco desejo de fazer parar um transeunte qualquer e contar-lhe tudo.

Em seguida, vagueou pela Oxford Street e penetrou em becos estreitos e sórdidos. Duas mulheres de rosto pintado riram-se dele ao passar. Num sombrio pátio ouviu o som de golpes e pragas, seguidos por gritos estridentes e, encolhidos numa úmida soleira, viu silhuetas distorcidas pela pobreza e pela velhice. Sentiu-se dominado por estranha compaixão. Estariam aqueles filhos do pecado e da miséria predestinados ao seu fim, como ele ao seu? Seriam como ele meros fantoches de um espetáculo monstruoso?

No entanto, não foi o mistério, mas a comédia do sofrimento que o impressionou: sua absoluta inutilidade, sua grotesca falta de significado. Como tudo parecia incoerente e desprovido de qualquer harmonia! Como era surpreendente o desacordo entre o otimismo superficial da época e a vida real! Ele era ainda muito jovem.

Depois de algum tempo, encontrou-se diante da Igreja de Marylebone. A silenciosa estrada parecia uma longa fita de prata polida, pintalgada aqui e ali pelos escuros arabescos de sombras inquietas. Até bem longe curvava-se a linha dos lampiões vacilantes e diante de uma casinha cercada de muros havia um solitário cabriolé em cujo interior dormia o cocheiro. Lorde Arthur caminhou apressadamente na direção de Portland Place, olhando ao redor de vez em quando, como se temesse estar sendo seguido. Na esquina de Rich Street havia dois homens lendo um pequeno cartaz pregado a um muro de tábuas. Agitado por uma estranha sensação de curiosidade, atravessou a rua. Ao aproximar-se, seus olhos encontraram a palavra "Assassino" impressa em letras negras. Teve um sobressalto e corou fortemente. Era um cartaz em que se oferecia uma recompensa por qualquer informação que conduzisse à prisão de um homem de estatura mediana, entre trinta e quarenta anos de idade, com uma cicatriz na face direita, usando um chapéu-coco, um casaco preto e calças de xadrez. Lorde Arthur leu-o várias vezes e perguntou a si mesmo se o desgraçado homem seria preso e como arranjara a cicatriz. Algum dia talvez sua cabeça também estivesse a prêmio.

A ideia causou-lhe horror. Deu meia-volta e saiu apressado dentro da noite.

Mal sabia para onde se dirigia. Tinha a vaga ideia de estar errando num labirinto de casas sórdidas e era alta madrugada quando, por fim, se achou em Picadilly Circus. Quando se dirigia à casa na Belgrave Square, encontrou as grandes carroças que iam para Covent Garden. Os carroceiros, de avental branco, rosto queimado pelo sol e cabelos ondulados, avançavam resolutamente estalando o chicote e gritando de vez em quando uns para os outros. Num grande cavalo cinzento, líder de uma parelha saltitante, cavalgava um menino bochechudo, com um ramalhete de flores no chapéu usado, segurando firmemente a crina com suas mãozinhas; e os legumes pareciam jade esmeraldino contra as pétalas rosadas de uma rosa extraordinária. Lorde Arthur sentiu-se estranhamente comovido sem saber por quê. Havia algo na delicada beleza da aurora que lhe pareceu indizivelmente patético e fê-lo pensar em todos os dias que rompem com esplendor e terminam em tempestade. Aquela gente rústica, com suas vozes rudes e bem-humoradas e suas maneiras despreocupadas, via uma Londres bem estranha! Uma Londres livre do pecado da noite e da fumaça do dia, uma cidade pálida e fantasmagórica, uma desolada metrópole de túmulos! Perguntou a si mesmo o que pensariam dela e se conheciam algo de seu esplendor e de sua vergonha, de suas alegrias violentas e coloridas, de sua horrível miséria, de todos os seus feitos e danos, desde a aurora até o cair da noite. Provavelmente para eles era simplesmente um mercado onde vendiam suas frutas e onde se detinham por algumas horas, no máximo, deixando as ruas ainda silenciosas, as casas ainda adormecidas. Sentiu prazer em observá-los ao passar. Embora rudes, com seus pesados sapatos e seu andar desajeitado, traziam consigo um pouco da Arcádia. Sentiu que viviam com a Natureza e que esta lhes ensinara a paz. E invejou-os por tudo o que ignoravam.

Quando chegou a Belgrave Square, o céu estava azul-pálido e os pássaros começavam a chilrear nos jardins.

* * *

Quando Lorde Arthur despertou eram 12 horas e o sol meridiano penetrava através das cortinas de seda de seu quarto. Um leve nevoeiro de calor pairava sobre a grande cidade e os tetos das casas pareciam feitos de prata fosca. Na cintilante relva da praça, algumas crianças esvoaçavam como borboletas brancas e a calçada estava cheia de pessoas que se dirigiam para o parque. Jamais a vida lhe parecera tão bela e tão remota a desgraça.

O criado trouxe-lhe numa bandeja uma xícara de chocolate. Depois de tomá-la, afastou a pesada cortina de veludo cor de pêssego e entrou no banheiro. A luz escoava suavemente do alto através de finas placas de ônix transparente e a água da banheira de mármore brilhava como uma pedra preciosa. Imergiu rapidamente, até que o fresco líquido lhe tocasse o pescoço e os cabelos, e depois mergulhou completamente a cabeça, como se quisesse apagar a nódoa da vergonhosa lembrança. Quando saiu do banho, sentia-se quase em paz. As maravilhosas condições físicas do momento o haviam dominado, como frequentemente acontece com naturezas bem-formadas, pois os sentidos, como o fogo, podem tanto purificar como destruir.

Após o desjejum, jogou-se num divã e acendeu um cigarro. Sobre a lareira, emoldurado em brocado antigo, estava uma fotografia de Sybil Merton como ele a tinha visto pela primeira vez no baile de Lady Noel. A cabeça pequena e maravilhosamente conformada pendia ligeiramente para um lado, como se o pescoço delicado mal pudesse suster o peso de tanta beleza; os lábios ligeiramente entreabertos pareciam feitos para suaves harmonias; e toda a terna pureza da meninice transbordava dos olhos sonhadores. Com seu vestido justo e macio de *crêpe de chine* e seu grande leque em feitio de folha, parecia uma daquelas delicadas figurinhas que se encontram nos olivais perto de Tânagra. Havia um toque de graça grega em sua atitude. Contudo, não era *mignon*. Era simplesmente muito bem-proporcionada, coisa rara numa época em que as mulheres são ou acima do normal ou insignificantes.

Ao contemplá-la, Lorde Arthur sentiu-se invadido por uma profunda compaixão nascida do amor. Sentiu que desposá-la com a ameaça de um crime suspensa sobre a cabeça seria uma traição como a de Judas, crime maior que qualquer um já perpetrado por um Bórgia. Como poderiam ser felizes se a qualquer momento ele seria chamado a realizar a medonha profecia gravada em sua mão? Que vida seria a deles enquanto o Destino mantivesse em sua balança aquela terrível predestinação? O casamento precisava ser adiado de qualquer maneira. Estava firmemente resolvido a isso. Embora amasse ardentemente a jovem e o simples toque de seus dedos, quando se sentavam lado a lado, fizesse com que cada nervo de seu corpo pulsasse de alegria, reconhecia claramente, não obstante, qual era o seu dever e estava plenamente cônscio do fato de que não tinha o direito de casar-se antes de ter cometido o assassinato. Isso feito, poderia colocar-se com Sybil Merton diante do altar e entregar sua vida nas mãos da jovem sem o terror de estar agindo mal. Poderia abraçá-la sabendo que a esposa jamais teria que corar por ele, nunca baixaria a cabeça, envergonhada. Mas precisava cometer o crime em primeiro lugar, e quanto mais cedo melhor para ambos.

Muitos em seu lugar prefeririam o caminho mais fácil da procrastinação às íngremes alturas do dever; Lorde Arthur, porém, era demasiado consciencioso para colocar o prazer acima de seus princípios. Havia mais que paixão em seu amor e Sybil era para ele o símbolo de tudo o que é bom e nobre. Durante algum tempo, sentiu repugnância pelo que tinha a fazer, mas em breve o sentimento se extinguiu. Seu coração lhe dizia que não se tratava de um pecado, mas de um sacrifício; a razão lembrou-lhe que não havia outra alternativa. Tinha que escolher entre viver para si mesmo e viver para os outros e, embora fosse indubitavelmente terrível a tarefa que sobre ele recaíra, sabia que não devia permitir que o egoísmo triunfasse sobre o amor. Mais cedo ou mais tarde somos todos chamados a decidir o mesmo problema, a todos é feita a mesma pergunta. A Lorde Arthur ela foi feita na mocidade, antes que sua natureza fosse corrompida pelo cinismo calculador da idade madura ou o coração comprometido pelo superficial egoísmo tão em moda na nossa época. Não sentiu a menor hesitação em cumprir o seu dever. Não era felizmente um mero sonhador ou um preguiçoso diletante. Se o fosse, teria hesitado como Hamlet e deixado que a dúvida lhe prejudicasse o propósito. Era, porém, essencialmente prático. Para ele, vida significava ação, mais que pensamento. Possuía uma coisa rara: bom senso.

Os sentimentos violentos e desordenados da noite anterior haviam completamente desaparecido e foi quase com vergonha que recordou sua caminhada errante pelas ruas, sua violenta tortura emocional. A própria sinceridade de seu sofrimento fazia então com que lhe parecessem irreais. Perguntou a si mesmo como poderia ter sido tão tolo a ponto de divagar e encolerizar-se com o inevitável. A única questão que parecia perturbá-lo era a quem eliminar, pois não ignorava que um crime, como as religiões do mundo pagão, requer tanto uma vítima como um sacerdote. Não sendo um gênio, não possuía inimigos e, além disso, sentia que o tempo era inadequado para a gratificação de qualquer antipatia pessoal, pois era grave e solene a missão a que se dedicara. Por conseguinte, escreveu numa folha de papel uma lista de seus amigos e parentes e após cuidadosa consideração decidiu-se a favor de Lady Clementina Beauchamp, uma encantadora senhora que morava na Curzon Street e era sua prima em segundo grau pelo lado materno. Tivera sempre muita afeição por Lady Clem, como todos a chamavam, e como ele próprio era muito rico, tendo herdado toda a fortuna de Lorde Rugby ao chegar à maioridade, não havia possibilidade de deduzir uma vulgar vantagem monetária por morte de sua parenta. De fato, quanto mais pensava no assunto, tanto mais lhe parecia adequada a escolha e, achando que qualquer demora seria uma injustiça para com Sybil, decidiu começar imediatamente os preparativos.

A primeira coisa a fazer, naturalmente, era pagar o quiromante; sentou-se, portanto, a uma pequena escrivaninha que ficava junto à janela, assinou um cheque de 105 libras, pagável à ordem de Mr. Septimus R. Podgers, e, colocando-o num envelope, mandou o criado levá-lo à West Moon Street. Em seguida, telefonou para a cavalariça pedindo sua carruagem e vestiu-se para sair. Ao deixar o quarto, olhou para a fotografia de Sybil Merton e jurou que, acontecesse o que acontecesse, ela jamais saberia do que ele estava fazendo por seu amor; manteria o segredo do sacrifício oculto para sempre em seu coração.

A caminho de Buckingham, parou num florista e enviou a Sybil uma bela cesta de narcisos de lindas pétalas brancas. Chegando ao clube, foi diretamente à biblioteca, tocou a campainha e mandou que o criado lhe trouxesse uma soda com limão e um livro sobre toxicologia. Havia decidido que veneno era o melhor meio a adotar nesse desagradável negócio. Qualquer coisa parecida com violência pessoal era-lhe extremamente desagradável e, além disso, fazia questão de assassinar Lady Clementina de modo a não atrair a atenção do público, pois detestava a ideia de se destacar em casa de Lady Windermere, ou de ver seu nome figurar nos parágrafos dos vulgares jornais de sociedade. Tinha também que pensar nos pais de Sybil, que eram um tanto antiquados e poderiam fazer objeções ao casamento se houvesse algo parecido com um escândalo, embora estivesse certo de que se lhes contasse todos os pormenores do caso eles seriam os primeiros a compreender os motivos que o moviam. Tinha todas as razões, portanto, para se decidir a favor do veneno. Era seguro, discreto e matava sem necessidade de cenas penosas, às quais, como a maioria dos ingleses, ele tinha arraigada aversão.

Da ciência dos venenos, porém, não sabia absolutamente nada e como o criado parecia inteiramente incapaz de achar qualquer coisa na biblioteca, exceto o *Ruff's Guide* e a *Bailey's Magazine*, ele próprio examinou as prateleiras e finalmente encontrou uma edição lindamente encadernada da *Farmacopeia* e uma cópia da *Toxicologia* de Erskine, publicada por Sir Matthew Reid, presidente do Real Colégio de Medicina e um dos mais antigos membros do Buckingham, tendo sido eleito por engano, em lugar de outra pessoa, um contratempo que enraiveceu de tal modo o Comitê que, quando o ilustre homem apareceu, foi unanimemente rejeitado. Lorde Arthur ficou muito embaraçado com os termos técnicos usados em ambos os livros e havia começado a lamentar não ter prestado maior atenção aos clássicos em Oxford, quando encontrou no segundo volume de Erskine uma completa e interessante descrição das propriedades da aconitina, escrita em inglês medianamente claro. Pareceu-lhe ser exatamente o veneno que desejava. Era rápido — na verdade, quase instantâneo —, perfeitamente indolor e, quando tomado na forma de uma cápsula de gelatina, à maneira recomendada por Sir Matthew, não era absolutamente desagradável ao paladar. Consequentemente, anotou no punho da camisa a quantidade necessária para uma dose fatal, recolocou os livros em seus lugares e subiu a rua de St. James até a Pestle and Humbey's, a conhecida firma de produtos químicos. Mr. Pestle, que sempre atendia pessoalmente a aristocracia, ficou bastante surpreso com o pedido e muito respeitosamente murmurou algo a respeito da necessidade de um certificado médico. Contudo, assim que Lorde Arthur explicou que o veneno era destinado a um grande mastim norueguês que era obrigado a matar, pois mostrava sinais de raiva incipiente, tendo já por duas vezes mordido a perna do cocheiro, declarou-se perfeitamente satisfeito, cumprimentou Lorde Arthur por seu extraordinário conhecimento de toxicologia e mandou aviar imediatamente a receita.

Lorde Arthur colocou a caixa numa bonita *bonbonnière* de prata que descobriu numa vitrine da Bond Street, jogou fora a feia caixa de pílulas de Pestle and Humbey's e dirigiu-se imediatamente à casa de Lady Clementina.

— Bem, *monsieur le mauvais sujet** — exclamou a senhora, quando o rapaz entrou na sala —, por que não me visita há tanto tempo?

— Minha cara Lady Clem, não tive um só instante livre — respondeu Lorde Arthur sorrindo.

— Isso quer dizer que você acompanha Miss Sybil Merton o dia inteiro, comprando tecidos e falando em futilidades? Não posso compreender por que as pessoas dão tanta atenção ao fato de casarem. No meu tempo não se pensava em fazer a corte em público, ou mesmo em particular.

— Asseguro-lhe que não vi Sybil nas últimas 24 horas, Lady Clem. Que eu saiba, ela pertence inteiramente às costureiras.

— Naturalmente; este é o único motivo por que veio visitar uma velha feia como eu. Não compreendo por que vocês, homens, não

* Senhor maroto (em francês no original).

se precavêm. *On a fait des folies pour moi** e aqui estou eu, uma pobre criatura reumática, com cabelos postiços e mau gênio. Se não fosse a querida Lady Jansen, que me envia os piores romances franceses que consegue encontrar, não sei como passaria meus dias. Os médicos não servem para nada, exceto para arrancar-nos seus honorários. Nem mesmo sabem curar minha acidez.

— Trouxe-lhe um remédio para isso, Lady Clem — disse Lorde Arthur gravemente. — É algo maravilhoso inventado por um americano.

— Creio que não gosto das invenções americanas, Arthur. Estou certa de que não gosto. Li ultimamente alguns romances americanos que eram completamente tolos.

— Oh, mas isto não é tolice, Lady Clem! Asseguro-lhe que cura realmente. Prometa-me que vai experimentá-lo.

E Lorde Arthur tirou do bolso a caixinha e entregou-a a Lady Clementina.

— Bem, a caixa é encantadora, Arthur. É um presente? Que gentileza a sua! É este o maravilhoso remédio? Parece um bombom. Vou tomá-lo agora mesmo.

— Céus, Lady Clem! — exclamou Lorde Arthur segurando-lhe a mão. — Não deve fazer isso. É um remédio homeopático e, se tomá-lo sem necessidade, pode fazer-lhe muito mal. Espere até ter outra crise e tome-o então. Ficará surpreendida com o resultado.

— Gostaria de tomá-lo agora — disse Lady Clementina segurando contra a luz a pequena cápsula transparente com sua bolha flutuante de acônita líquida. — Estou certa de que é delicioso. A verdade é que, embora deteste os médicos, adoro remédios. Contudo, vou guardá-lo até minha próxima crise.

— E quando terá outra? — perguntou ansiosamente Lorde Arthur. — Será em breve?

— Espero que não seja antes de uma semana. Senti-me muito mal ontem de manhã. Mas nunca se sabe.

— Então, está certa de que terá uma crise antes do fim do mês, Lady Clem?

---

* Fizeram loucuras por mim (em francês no original).

— Temo que sim. Mas como você está atencioso hoje, Arthur! Sybil lhe fez muito bem, decerto. E agora você precisa ir embora, porque eu vou jantar com umas pessoas enfadonhas, que não gostam de maledicência e sei que se não dormir agora não serei capaz de me manter acordada durante o jantar. Adeus, Arthur. Dê lembranças a Sybil e muito obrigada pelo remédio americano.

— A senhora não se esquecerá de tomá-lo, não é, Lady Clem? — disse Lorde Arthur, erguendo-se.

— Naturalmente que não, tolinho. Acho que foi muita bondade sua pensar em mim e eu lhe escreverei se quiser mais.

Lorde Arthur saiu da casa muito bem-humorado e com uma sensação de imenso alívio.

Naquela noite, teve uma entrevista com Sybil Merton. Disse-lhe que se vira subitamente em terrível dificuldade, diante da qual nem a honra nem o dever lhe permitiam recuar. Disse-lhe também que o casamento tinha que ser temporariamente adiado, pois até que se desembaraçasse de seus desagradáveis compromissos não era um homem livre. Implorou-lhe que confiasse nele e que não tivesse dúvidas acerca do futuro. Tudo acabaria bem, mas era necessário ter paciência.

A cena teve lugar na estufa da casa de Mr. Merton, em Park Lane, onde Lorde Arthur jantara como de costume. Sybil nunca lhe parecera tão feliz e por um momento o rapaz se sentira tentado a fazer o papel de covarde e escrever a Lady Clementina pedindo-lhe a devolução da pílula, deixando que o casamento se realizasse como se no mundo não existisse uma pessoa chamada Mr. Podgers. Seu sentimento do dever, porém, em breve se manifestou e mesmo quando Sybil se lançou chorando em seus braços não vacilou. A beleza que lhe perturbava os sentidos tocara-lhe também a consciência. Sentia que destruir tão bela vida por causa de alguns meses de prazer seria uma injustiça.

Permaneceu com Sybil até quase meia-noite, confortando-a e sendo por sua vez confortado, e na manhã seguinte bem cedo partiu para Veneza, depois de escrever uma carta firme e enérgica a Mr. Merton acerca do necessário adiamento da cerimônia.

* * *

Em Veneza, encontrou Lorde Surbiton, seu irmão, que por acaso viera de Corfu em seu iate. Os dois rapazes passaram juntos 15 dias maravilhosos. De manhã passeavam no Lido ou deslizavam de um lado para outro nos verdes canais em sua comprida gôndola negra; à tarde geralmente recebiam visitas no iate; e à noite jantavam no Florian's e fumavam inúmeros cigarros na Piazza. Contudo, Lorde Arthur não estava feliz. Estudava diariamente o obituário do *The Times*, esperando encontrar a notícia da morte de Lady Clementina, mas todos os dias ficava desapontado. Começou a temer que algum acidente lhe tivesse acontecido e muitas vezes lamentou tê-la impedido de tomar a aconitina quando estivera tão ansiosa para experimentar seu efeito. As cartas de Sybil, embora cheias de amor, confiança e ternura, eram também tristes e ele às vezes pensava que estava separado dela para sempre.

Depois de duas semanas, Lorde Surbiton aborreceu-se de Veneza e resolveu descer a costa até Ravena, pois ouvira dizer que havia ótima caça no Pinetum. A princípio Lorde Arthur recusou-se absolutamente a acompanhá-lo, mas Lorde Surbiton, por quem tinha muita afeição, persuadiu-o finalmente de que se permanecesse no Danielli sozinho morreria de aborrecimento; e na manhã do dia 15 partiram com um forte vento nordeste e um mar meio agitado. As caçadas foram excelentes e a vida ao ar livre trouxe novas cores ao rosto de Lorde Arthur, mas cerca do dia 22 tomou-se de ansiedade a respeito de Lady Clementina e, apesar das queixas de Lorde Surbiton, voltou de trem a Veneza.

Ao sair da gôndola nos degraus do hotel, o proprietário veio ao seu encontro com uma pilha de telegramas. Lorde Arthur arrebatou--os de sua mão e abriu-os com vivacidade. O plano tivera êxito. Lady Clementina falecera subitamente na noite do dia 17!

Seu primeiro pensamento foi para Sybil; enviou-lhe um telegrama, anunciando sua volta imediata a Londres. Em seguida, deu ordens ao criado para que fizesse as malas para viajarem naquela noite, despediu os gondoleiros pagando-lhes cinco vezes mais que o devido e correu aos seus aposentos com passo lépido e coração em festa. Ali encontrou três cartas à sua espera. Uma era da própria Sybil, plena de simpatia e condolências. As outras eram de sua mãe e do advogado de Lady Clementina. Parecia que a velha dama jantara com a Duquesa naquela mesma noite, encantando a todos com a sua vivacidade, mas retirara-se um tanto cedo, queixando-se de estar sofrendo de acidez. Pela manhã fora encontrada morta na cama, aparentemente sem ter sofrido dor alguma. Mandaram chamar Sir Matthew Reid imediatamente, porém não havia nada a fazer e ela fora enterrada no dia 22 em Beauchamp Chalcote. Alguns dias antes de morrer, fizera seu testamento e deixara a Lorde Arthur a pequena casa da Curzon Street, com toda a mobília, objetos pessoais, quadros, exceto a coleção de miniaturas, que caberia a sua irmã, Lady Margaret Rufford, e o colar de ametista, destinado a Sybil Merton. A propriedade não tinha grande valor, mas Mr. Mansfield, o advogado, estava extremamente ansioso para que Lorde Arthur regressasse imediatamente, se possível, pois havia muitas contas a pagar e Lady Clementina nunca mantivera uma escrita regular.

Lorde Arthur ficou muito comovido pela bondosa lembrança de Lady Clementina e achou que Mr. Podgers tinha muita responsabilidade no caso. Seu amor por Sybil, contudo, dominou todas as outras emoções e a consciência de que havia cumprido seu dever deu-lhe paz e conforto. Quando chegou a Charing Cross, sentia-se perfeitamente feliz.

Os Merton receberam-no com bondade. Sybil fê-lo prometer que jamais deixaria que algo se intrometesse novamente entre eles e o casamento foi marcado para o dia 7 de julho. A vida parecia-lhe novamente bela e ele recuperou toda a sua antiga alegria.

Certo dia, porém, quando estava percorrendo a casa da Curzon Street em companhia de Sybil e do advogado de Lady Clementina, queimando pacotes de velhas cartas e esvaziando gavetas de conteúdo variado, a jovem subitamente teve uma exclamação de alegria.

— Que encontrou você, Sybil? — perguntou Lorde Arthur, erguendo os olhos e sorrindo.

— Esta linda *bonbonnière*, Arthur. Não é uma beleza? Dê-ma! Sei que as ametistas não me assentarão bem senão depois dos oitenta anos.

Era a caixa da aconitina.

Lorde Arthur sobressaltou-se e um ligeiro rubor subiu-lhe ao rosto. Esquecera inteiramente o que havia feito e pareceu-lhe uma estranha coincidência que Sybil, por quem passara toda aquela ansiedade, fosse a primeira a fazê-lo recordar.

— Pode certamente ficar com ela, Sybil. Fui eu mesmo quem a deu à pobre Lady Clem.

— Oh, obrigada, Arthur; posso ficar com o bombom também? Não fazia ideia que Lady Clementina gostasse de doces. Pensava que ela era demasiado intelectual para isso.

Lorde Arthur ficou mortalmente pálido e uma terrível ideia cruzou-lhe a mente.

— Bombom, Sybil? Que quer dizer com isso? — falou em voz lenta e rouca.

— Há um bombom na caixa, eis tudo. Parece velho e empoeirado e eu não tenho a mais leve intenção de comê-lo. Que houve, Arthur? Como você está pálido!

Lorde Arthur atravessou apressadamente a sala e apossou-se da caixa. No interior descansava a cápsula cor de âmbar, com sua bolha de veneno. Afinal de contas, Lady Clementina morrera de morte natural!

O choque da descoberta foi demasiado para ele. Lançou a cápsula ao fogo e deixou-se cair num sofá com uma exclamação de desespero.

* * *

Mr. Merton ficou bastante preocupado com o segundo adiamento das núpcias, e Lady Júlia, que já havia encomendado o vestido para a cerimônia, fez tudo ao seu alcance para que Sybil rompesse o noivado. Contudo, embora Sybil gostasse extremamente da mãe, havia entregue toda a sua vida nas mãos de Lorde Arthur e nada que Lady Júlia pudesse dizer abalaria sua confiança. Quanto ao próprio Lorde Arthur, precisou de vários dias para se recuperar do terrível desapontamento e por algum tempo seus nervos ficaram completamente abalados. Seu excelente bom senso, contudo, em breve se manifestou e seu espírito prático não o deixou muito tempo em dúvida a respeito do que convinha fazer. Já que o veneno se mostrara um completo fracasso, a dinamite ou qualquer outra espécie de explosivo era evidentemente o que devia tentar.

Por conseguinte, percorreu novamente a lista de seus amigos e parentes e, após cuidadosa deliberação, resolveu mandar pelos ares seu tio, o Deão de Chichester. O Deão, que era um homem de grande cultura e saber, gostava extremamente de relógios e possuía uma maravilhosa coleção que datava do século XV aos nossos dias, e Lorde Arthur julgou que esse *hobby* lhe oferecia uma excelente oportunidade para executar seu plano. Onde obter uma máquina explosiva era, naturalmente, um outro problema. O catálogo de telefones de Londres não lhe forneceu nenhuma informação a respeito e ele achou que era quase inútil ir à Scotland Yard com essa finalidade, pois aparentemente a polícia nada sabia sobre os movimentos dos dinamitadores, exceto depois que uma explosão ocorria, e mesmo então não sabiam grande coisa.

De repente, lembrou-se de seu amigo Conde Rouvaloff, um jovem russo de tendências muito revolucionárias, que havia conhecido em casa de Lady Windermere durante o inverno anterior. Dizia-se que o Conde Rouvaloff estava escrevendo uma biografia de Pedro, o Grande, e que viera à Inglaterra com o propósito de estudar documentos relativos à estada do czar neste país como carpinteiro naval; de modo geral, porém, suspeitava-se que ele fosse um agente niilista e não havia dúvidas de que a embaixada olhava com desagrado sua presença em Londres. Lorde Arthur achou que ele era exatamente o homem de que precisava e certa manhã dirigiu-se ao seu apartamento de Bloomsbury, a fim de pedir-lhe conselho e ajuda.

— Então, você está levando a política a sério — disse o Conde Rouvaloff quando Lorde Arthur lhe manifestou o objeto de sua missão. Lorde Arthur, porém, que detestava bravatas de qualquer espécie, sentiu-se na obrigação de lhe confessar que não sentia o mais leve interesse por questões sociais e que desejava o explosivo para um assunto puramente familiar, que não dizia respeito a pessoa alguma, senão a ele.

O Conde Rouvaloff olhou-o surpreendido por alguns instantes e, em seguida, vendo que seu interlocutor falava sério, escreveu um endereço num pedaço de papel, acrescentou suas iniciais e entregou--o a Lorde Arthur.

— A Scotland Yard daria muito para conhecer este endereço, meu caro.

— Não o conhecerão — respondeu Lorde Arthur, rindo.

Depois de apertar cordialmente a mão do jovem russo, desceu rapidamente as escadas, examinou o papel e disse ao cocheiro para tocar para Soho Square. Ali, despediu-o e desceu a pé a Greek Street até um lugar chamado Bayle's Court. Passou sob a arcada e encontrou-se sob um estranho beco, aparentemente ocupado por uma Lavanderia Francesa, pois uma verdadeira rede de varais estava estendida de casa a casa e havia um rumor de roupa branca no ar da manhã. Lorde Arthur caminhou até o fim da ruela e bateu a uma casinha verde. Depois de alguma demora, durante a qual todas as janelas se transformaram numa confusa massa de rostos curiosos, a porta foi aberta por um estrangeiro de aparência um tanto rude, que lhe perguntou em mau inglês o que desejava. Lorde Arthur entregou-lhe o papel que o Conde Rouvaloff lhe havia dado. Ao ver o papel, o homem se inclinou e introduziu Lorde Arthur numa sala muito modesta do andar térreo, e dentro de um instante Herr Winckelkopf, como era chamado na Inglaterra, entrou apressadamente com um guardanapo manchado de vinho ao redor do pescoço e um garfo na mão esquerda.

— O Conde Rouvaloff deu-me uma apresentação para o senhor — disse Lorde Arthur inclinando-se —, e eu estou ansioso para ter uma curta entrevista sobre negócios. Meu nome é Smith, Mr. Robert Smith, e desejo que me forneça um relógio explosivo.

— Encantado em conhecê-lo, Lorde Arthur — disse rindo o jovial alemão. — Não fique tão alarmado; é-me dever conhecer a todos e eu me lembro de tê-lo visto uma noite em casa de Lady Windermere. Espero que sua senhoria esteja bem. O senhor se incomoda de se sentar ao meu lado enquanto termino meu desjejum? Tenho um excelente *pâté* e meus amigos têm a bondade de dizer que meu vinho do Reno é melhor do que o que bebem na embaixada alemã.

E, antes que Lorde Arthur se recuperasse da surpresa de ter sido reconhecido, viu-se instalado na sala de dentro saboreando um delicioso Marcobrünner num copo amarelo-pálido marcado com o monograma imperial e conversando da maneira mais amigável possível com o famoso conspirador.

— Relógios explosivos não são coisa muito boa para exportação, pois mesmo que consigam passar na alfândega, o serviço de trens é tão irregular que geralmente explodem antes de chegar ao destino. Contudo, se deseja um relógio para uso no país, posso fornecer-lhe um artigo excelente e garantir que ficará satisfeito com o resultado. Posso perguntar a quem se destina? Se for para a polícia ou alguém ligado à Scotland Yard, sinto não poder servi-lo. Os detetives ingleses são os nossos melhores amigos e eu descobri que confiando em sua estupidez podemos fazer exatamente o que quisermos. Não poderia dispensar nenhum deles.

— Asseguro-lhe que meu caso não tem absolutamente nada a ver com a polícia — disse Lorde Arthur. — Na verdade, o relógio é destinado ao Deão de Chichester.

— Meu Deus! Não fazia ideia de que tivesse tanto ódio à religião, Lorde Arthur. Poucos rapazes se importam com isso hoje em dia.

— Temo que o senhor me julgue melhor do que sou, Herr Winckelkopf — respondeu Lorde Arthur, corando. — O fato é que não sei coisa alguma sobre teologia.

— Trata-se, então, de um assunto particular?

— Inteiramente particular.

Herr Winckelkopf encolheu os ombros e saiu da sala, voltando dentro de alguns minutos com um disco de dinamite do tamanho de um penny e um bonito reloginho francês encimado por uma figura da Liberdade espezinhando a hidra do Despotismo.

Ao vê-lo, o rosto de Lorde Arthur iluminou-se.

— É exatamente o que quero — exclamou. — E agora diga-me como funciona.

— Ah, nisto consiste meu segredo — respondeu Herr Winckelkopf contemplando seu invento com uma justa expressão de orgulho. — Diga-me quando quer que exploda e eu ajustarei o maquinismo para o momento exato.

— Bem, hoje é terça-feira e se o senhor puder mandá-lo imediatamente...

— Isto é impossível; tenho vários trabalhos importantes em andamento para uns amigos de Moscou. Mas posso mandá-lo amanhã.

— Oh, ainda está em tempo! — respondeu delicadamente Lorde Arthur. — Que seja entregue amanhã à noite ou na quinta-feira de manhã. Para o momento da explosão, digamos, sexta-feira exatamente, ao meio-dia. O Deão está sempre em casa a essa hora.

— Sexta ao meio-dia — repetiu Herr Winckelkopf, fazendo uma anotação nesse sentido num grande livro que se achava na escrivaninha ao lado da lareira.

— E agora — disse Lorde Arthur erguendo-se —, diga-me, por favor, quanto lhe devo.

— É uma coisa tão insignificante que não vou cobrar. A dinamite custa sete xelins e seis pence; o relógio, três libras e 10, e o transporte, cerca de cinco xelins. Estou encantadíssimo por servir a um amigo do Conde Rouvaloff.

— Mas e seu trabalho, Herr Winckelkopf?

— Oh, não é nada! É um prazer para mim. Não trabalho por dinheiro; vivo inteiramente para minha arte.

Lorde Arthur colocou na mesa quatro libras, dois xelins e seis pence, agradeceu ao alemão por sua bondade e, após declinar um convite para conhecer uns anarquistas num chá, no sábado seguinte, saiu e dirigiu-se ao parque.

Nos dias que se seguiram, ficou num estado de grande excitação, e na sexta-feira, ao meio-dia, dirigiu-se ao Buckingham, a fim de esperar notícias. Durante a tarde inteira o fleumático porteiro afixou telegramas de várias partes do país, dando os resultados de corridas de cavalos, veredictos de ações de divórcio, as condições atmosféricas e coisas semelhantes, enquanto a fita registrava cansativos detalhes de uma sessão da Câmara dos Comuns que durara a noite inteira e de um ligeiro pânico na Bolsa. Às quatro horas chegaram os jornais vespertinos e Lorde Arthur encerrou-se na biblioteca com o *Pall Mall*, o *St. James*, o *Globe* e o *Echo* para imensa indignação do Coronel Goodchild, que queria ler os relatórios dos discursos pronunciados naquela manhã na Mansion House a respeito das missões sul-africanas e da conveniência de ter bispos negros em cada província, e por alguma razão tinha um forte preconceito contra o *Evening News*. Nenhum dos jornais, porém, continha a mais ligeira alusão a Chichester e Lorde Arthur concluiu que o atentado havia fracassado. Foi um terrível golpe para ele, que, durante algum tempo, se sentiu completamente desanimado. Herr Winckelkopf, a quem foi visitar no dia seguinte, foi profuso em floreadas desculpas, oferecendo-se para fornecer um outro relógio grátis, ou uma caixa de bombas de nitroglicerina a preço de custo. Lorde Arthur, porém, perdera toda a fé em explosivos e o próprio Herr Winckelkopf reconheceu que hoje em dia tudo anda tão adulterado que nem mesmo a dinamite pode ser obtida em estado de pureza. O pequeno alemão, embora admitindo que algo devia ter falhado no mecanismo, não deixava de ter esperanças de que o relógio ainda explodisse, dando como exemplo o caso de um barômetro que mandara certa ocasião ao governador militar de Odessa, o qual, embora ajustado para explodir dez dias depois, não o fizera antes de cerca de três meses. É verdade que quando explodiu não fez mais que reduzir uma criada a átomos, pois o governador saíra da cidade seis semanas antes; mas pelo menos mostrara que a dinamite como força destruidora era, embora impontual, um poderoso agente. Lorde Arthur ficou um tanto consolado com essa reflexão, mas até nisso estava fadado ao desapontamento, pois dois dias mais tarde, quando estava subindo as escadas, a Duquesa chamou-o ao seu *boudoir* e mostrou-lhe uma carta que acabara de receber da sobrinha.

— Jane escreve cartas encantadoras — disse a Duquesa. — Você precisa ler a última. É tão interessante como os romances que Mudie* nos envia.

Lorde Arthur arrebatou-lhe das mãos a missiva, que dizia o seguinte:

Residência do Deão, Chichester
27 de maio

Minha querida tia,

Muito obrigada pela flanela para a Sociedade Dorcas e também pelo guingão. Concordo com a senhora que é uma tolice que queiram usar coisas bonitas, mas hoje em dia todos são tão radicais e irreligiosos que é difícil fazê-los ver que não deveriam procurar vestir-se como as classes mais elevadas. Estou certa de que não sei onde vamos parar. Como papai disse muitas vezes em seus sermões: vivemos numa época de descrença.

Divertimo-nos muito com um relógio que um admirador desconhecido enviou a papai na sexta-feira passada. Chegou de Londres numa caixa de madeira, com transporte pago, e papai acha que deve ter sido enviado por alguém que tenha lido seu notável sermão "Será Licença o mesmo que Liberdade?", pois em cima do relógio havia a figura de uma mulher com o que papai disse ser um boné da Liberdade. Eu pessoalmente acho que não é muito bonito, mas o papai disse que é histórico, por isso suponho que esteja certo. Parker desembrulhou-o e papai colocou-o sobre a lareira da biblioteca; estávamos todos lá na sexta-feira, quando, exatamente ao meio-dia, ouvimos um zumbido, uma pequena

---

* Mudie, Charles Edward (1818-1890) — Editor inglês, fundador da Biblioteca de Aluguel Mudie, muito popular na época. (N.T.)

baforada de fumo saiu do pedestal da figura e a deusa da Liberdade caiu e quebrou o nariz no guarda-fogo da lareira! Maria ficou muito assustada, mas a cena era tão ridícula que James e eu começamos a rir, e até papai achou graça. Quando examinamos o relógio, descobrimos que era uma espécie de despertador e que quando era ajustado para uma certa hora e se colocava pólvora sob um pequeno martelo ele explodia à nossa vontade. Papai disse que não podia continuar na biblioteca, pois era barulhento, de modo que Reggie levou-o para a sala de aula e não faz mais nada senão provocar explosões o dia inteiro. A senhora acha que Arthur gostaria de ganhar um assim como presente de casamento? Suponho que estejam muito em moda em Londres. Papai disse que devem fazer muito bem, pois mostram que a Liberdade não pode durar e será aniquilada. Papai disse que a Liberdade foi inventada no tempo da Revolução Francesa. Que coisa horrível!

Agora preciso ir à Sociedade Dorcas, onde vou ler sua carta tão instrutiva. Como é exata a sua ideia de que na posição social que ocupam deveriam usar o que não lhes cai bem! É absurda a sua preocupação com vestuário, quando há tantas coisas muito mais importantes neste mundo e no outro. Fiquei contentíssima porque seu vestido de popelina estampada lhe está caindo bem e porque a renda não se rompeu. Vou usar na quarta-feira meu vestido de cetim amarelo, que a senhora teve a bondade de me dar para ir à casa do Bispo e acho que me ficará bem. Devo usar laços de fita ou não? Jennings diz que hoje em dia todos estão usando fitas e que as anáguas são guarnecidas de babados. Reggie acaba de provocar uma nova explosão e papai ordenou que o relógio fosse levado para a cavalariça. Acho que papai agora já não gosta tanto dele como a princípio, embora tenha ficado lisonjeado por lhe terem mandado um objeto tão bonito e engenhoso. Isto mostra que as pessoas que leem seus sermões se beneficiam com eles.

Papai envia recomendações, às quais se associam James, Reggie e Maria. Esperando que a gota de tio Cecil esteja melhor, despede-se, querida tia, sua afetuosa sobrinha,

Jane Percy

P. S.: Dê-me sua opinião a respeito dos laços. Jennings insiste que estão em moda.

Lorde Arthur parecia tão sério e infeliz depois de ler a carta que a Duquesa se pôs a rir.

— Meu caro Arthur — exclamou —, nunca mais lhe mostrarei uma carta de moça! Mas que direi a respeito do relógio? Acho que é uma invenção muito interessante e eu própria gostaria de possuir um.

— Não me agradam muito — disse Lorde Arthur com um sorriso triste.

E, depois de beijar a mãe, saiu do quarto.

Chegando aos seus aposentos, deixou-se cair num sofá com os olhos marejados de lágrimas. Havia feito o possível para cometer o crime, porém ambas as vezes havia falhado, embora sem culpa de sua parte. Tentara cumprir seu dever, mas parecia que o próprio Destino o atraiçoava. Sentia-se oprimido pela inutilidade das suas boas intenções, pela futilidade de procurar agir bem. Talvez fosse melhor desfazer o noivado. Sybil sofreria, é verdade, porém o sofrimento não poderia desfigurar uma natureza tão nobre como a sua. Quanto a si próprio, que importava? Há sempre uma guerra em que um homem possa morrer, uma causa a que dedicar sua vida, e, como a existência não encerrava prazeres, a morte não constituía um horror. Que o Destino seguisse seu curso. Não moveria um dedo para interferir.

Às sete e meia, vestiu-se e dirigiu-se para o clube. Lorde Surbiton lá estava com um grupo de amigos e Lorde Arthur foi obrigado a jantar com eles. A conversação fútil e os gracejos sem significação não o interessaram e assim que serviram o café retirou-se pretextando um compromisso. Ao sair do clube, o porteiro entregou-lhe uma carta. Era de Herr Winckelkopf, pedindo que o viesse visitar no dia seguinte, a fim de examinar um guarda-chuva explosivo que funcionava ao ser aberto. Era a última palavra no assunto e acabara de chegar de Gênova. Rasgou a carta em pedacinhos e tomou a resolução de não tentar novos inventos. Em seguida, caminhou até o cais do Tâmisa e sentou-se durante horas à margem do rio. A lua espreitava por detrás de escuras nuvens como se fosse o olho de um leão e inúmeras estrelas pontilhavam a abóbada celeste, como pó de ouro lançado sobre uma cúpula de veludo. De vez em quando uma barca se movia no rio de águas turvas e deslizava com a maré, e os sinais da estrada de ferro mudavam de vermelho para verde quando os trens passavam silvando pela ponte. Meia-noite soou na alta torre de Westminster e a cada badalada dos sinos a noite parecia estremecer. Em seguida, as luzes da estrada de ferro se extinguiram, restou uma solitária lâmpada brilhando como um grande rubi num mastro gigantesco e o rumor da cidade se tornou mais fraco.

Às duas horas, Lorde Arthur se ergueu e caminhou vagarosamente em direção a Blackfriars. Como tudo lhe parecia irreal, um sonho estranho! As casas da outra margem do rio pareciam feitas de escuridão. Dir-se-ia que o mundo fora novamente criado em prata e sombras. A enorme cúpula de São Paulo parecia uma gigantesca bolha na atmosfera sombria.

Quando se aproximava da Agulha de Cleópatra, viu inclinado no parapeito um homem que, ao erguer a cabeça, teve o rosto iluminado em cheio por um lampião de gás.

Era Mr. Podgers, o quiromante. Impossível confundir aquele rosto gordo, flácido, os óculos de aros dourados, o sorriso doentio, a boca sensual.

Lorde Arthur deteve-se. Uma brilhante ideia cruzou-lhe a mente. Avançou sem ruído por trás do homem, agarrou-o pelas pernas e lançou-o no Tâmisa. Ouviu-se uma feia praga, o ruído de um corpo que caía na água e depois tudo ficou novamente tranquilo. Lorde Arthur olhou ansiosamente, mas nada viu do quiromante, exceto a cartola rodopiando numa faixa de água iluminada pelo luar. Depois de algum tempo a cartola submergiu também e não restaram traços visíveis de Mr. Podgers. Por um instante Lorde Arthur pensou que avistara a volumosa silhueta nadando em direção à escada da ponte e foi assaltado por uma horrível sensação de fracasso, mas tudo não passava de um reflexo, e, quando a lua surgiu por detrás de uma nuvem, a ilusão se desfez. Parecia que, enfim, havia realizado o que o destino decretara. Deu um profundo suspiro de alívio e o nome de Sybil veio-lhe aos lábios.

— O senhor deixou cair alguma coisa? — disse de repente uma voz ao seu lado.

Lorde Arthur se voltou e viu um policial com uma lanterna.

— Nada de importância, sargento — respondeu sorrindo.

E, chamando um tílburi que passava, saltou dentro do veículo e mandou o cocheiro rumar para Belgrave Square.

Nos dias que se seguiram, Lorde Arthur viu-se entre a esperança e o medo. Havia momentos em que quase esperava que Mr. Podgers aparecesse diante dele e em outros sentia que o destino não podia ser assim tão injusto. Duas vezes foi até a residência do quiromante na West Moon Street, mas não teve coragem de tocar a campainha. Queria certificar-se, mas temia fazê-lo.

Finalmente aconteceu. Estava sentado na sala de fumar do clube, tomando o seu chá e ouvindo meio aborrecido a narração que Lorde Surbiton lhe fazia da última peça cômica do Gaiety, quando o garçon entrou com os jornais vespertinos. Tomou o *St. James* e voltava distraído as páginas quando um estranho cabeçalho atraiu-lhe a atenção:

Suicídio de um Quiromante

Empalideceu de emoção e começou a ler. O parágrafo dizia o seguinte: "Ontem pela manhã, às sete horas, o corpo de Mr. Septimus R. Podgers, o famoso quiromante, deu à terra em Greenwich, diante do Ship Hotel. O infeliz cavalheiro estava desaparecido há dias e havia considerável ansiedade por sua segurança nos círculos quiromânticos. Supõe-se que se tenha suicidado sob influência de temporária perturbação mental causada por excesso de trabalho e um veredicto nesse sentido foi pronunciado esta tarde pelo oficial de justiça. Mr. Podgers acabara de concluir um ponderoso tratado sobre a mão humana, que será em breve publicado e que sem dúvida atrairá muita atenção. O falecido tinha 65 anos de idade e parece não ter deixado nenhum parente vivo."

Lorde Arthur saiu correndo do clube com o jornal ainda na mão, para assombro do porteiro, que tentou em vão detê-lo, e seguiu diretamente para Park Lane. Sybil viu-o chegar pela janela e algo lhe disse que ele era portador de boas-novas. Correu-lhe ao encontro e ao ver-lhe o rosto compreendeu que tudo ia bem.

— Minha querida Sybil — exclamou Lorde Arthur —, casemo-nos amanhã!

— Seu tolinho! Ora, o bolo ainda nem foi encomendado! — respondeu Sybil, sorrindo através das lágrimas.

* * *

Quando se realizou o casamento, três semanas depois, St. Peters estava apinhada por uma verdadeira multidão de gente elegante. A cerimônia foi lida com grande solenidade pelo Deão de Chichester e toda gente declarou que jamais vira um casal tão bonito. Eram mais que bonitos: eram felizes. Nem por um instante Lorde Arthur lamentou o que sofrera por amor a Sybil, e esta, por sua vez, deu-lhe o melhor que uma mulher pode dar a um homem: respeito, ternura e amor. Para eles a poesia não foi destruída pela realidade. Permaneceram eternamente jovens.

Alguns anos mais tarde, após o nascimento de duas belas crianças, Lady Windermere veio visitá-los a Alton Priory, uma encantadora moradia com que o Duque presenteara o filho no dia do casamento. Estava sentada do lado de Lady Arthur, sob uma árvore do jardim, vendo brincar as crianças, que corriam de um lado para outro na alameda das roseiras como verdadeiros raios de sol, quando tomou de repente entre as suas as mãos de sua anfitriã e perguntou:

— Você é feliz, Sybil?

— Minha querida Lady Windermere, não há dúvida de que sou feliz. A senhora não é?

— Não tenho tempo para ser feliz, Sybil. Gosto sempre da última pessoa que me foi apresentada, mas geralmente, assim que chego a conhecê-la, canso-me dela.

— E seus admiradores não a satisfazem, Lady Windermere?

— Oh, não! Admiradores só servem para uma estação. Assim que suas jubas são cortadas, transformam-se nas criaturas mais enfadonhas! Além disso, portam-se muito mal se a pessoa os trata verdadeiramente bem. Lembra-se daquele horrível Mr. Podgers? Era um medonho impostor. É certo que não me importava absolutamente com isso e, mesmo quando me pedia dinheiro emprestado, eu o desculpava, mas não pude suportar que me fizesse a corte. Fez com que eu odiasse a quiromancia. Agora estou entusiasmada com a telepatia. É muito mais divertida.

— A senhora não deve falar contra a quiromancia aqui, Lady Windermere; é o único assunto sobre o qual Arthur não permite gracejos. Afirmo-lhe que leva isso muito a sério.

— Você quer dizer que ele acredita em quiromancia, Sybil?

— Pergunte a ele mesmo, Lady Windermere; aí vem ele.

Lorde Arthur aproximava-se com um grande ramo de rosas amarelas e as duas crianças dançando à sua volta.

— Lorde Arthur?

— Lady Windermere?

— O senhor acredita em quiromancia?

— Acredito, naturalmente — respondeu o rapaz, sorrindo.

— Mas por quê?

— Porque lhe devo toda a felicidade de minha vida — murmurou, deixando-se cair numa cadeira de vime.

— Meu caro Arthur, que lhe deve você?

— Sybil — respondeu, entregando as rosas à esposa e olhando-a nos olhos cor de violeta.

— Que absurdo! — exclamou Lady Windermere. — Nunca ouvi maior tolice em toda a minha vida!

O rouxinol e a rosa

Ela disse que dançaria comigo, se eu lhe levasse rosas vermelhas — lamentou-se o jovem estudante —, mas em todo o meu jardim não se encontra uma só rosa dessa cor.

Do seu ninho, nos ramos duma azinheira, ouviu estas queixas o rouxinol, e olhou, assombrado, por entre a folhagem.

— Não há uma só rosa vermelha em todo o meu jardim — lamentou-se ele, e de seus belos olhos brotaram lágrimas. — Ah! De que coisas pequeninas depende a felicidade! Li tudo o que os sábios escreveram e possuo todos os segredos da filosofia; contudo, por falta de uma rosa vermelha, estou condenado a uma vida infeliz.

— Eis aqui, finalmente, um verdadeiro apaixonado! — disse o rouxinol. — Noite após noite o tenho cantado, apesar de não o conhecer; noite após noite contei a sua história às estrelas, e vejo-o agora. Seus cabelos são escuros como a flor do jacinto, e seus lábios, vermelhos como a rosa do seu desejo; mas a paixão tornou-lhe as faces pálidas como o marfim e a dor marcou a sua fronte.

— O Príncipe dá um baile amanhã à noite — murmurou o jovem estudante — e em sua companhia estará a minha amada. Se eu lhe levar uma rosa vermelha, dançará comigo até o nascer da aurora. Se lhe levar uma rosa vermelha, estreitá-la-ei nos braços, ela pousará a cabeça no meu ombro e terei na minha a sua mão. Mas não há uma só rosa vermelha no meu jardim e por isso ficarei sozinho, ela passará por mim, não me dará atenção e o meu coração se romperá de dor.

— Em verdade, eis o verdadeiro apaixonado — repetiu o rouxinol. — Sofre o que eu canto: o que para mim é alegria, para ele é dor. O amor é certamente uma coisa maravilhosa. É mais precioso que as esmeraldas e mais caro que as finas opalas. Pérolas e romãs não podem comprá-lo, nem se encontra à venda no mercado. Não pode comprar-se aos mercadores, nem pesar-se na balança de ouro.

— Os músicos estarão sentados na galeria — disse o estudante —, tocarão os seus instrumentos de corda e a minha amada dançará ao som da harpa e do violino. Com tal leveza dançará que mal seus pés tocarão o chão; e os cortesãos, em seus vistosos trajes, hão de juntar-se à sua volta. Mas não dançará comigo, que não tenho rosa vermelha para lhe dar.

E deixou-se cair sobre a relva, escondeu a face entre as mãos e chorou.

— Por que está ele a chorar? — perguntou um pequenino lagarto verde, ao passar por ele de cauda levantada.

— Sim, por que chora? — disse uma borboleta, que adejava atrás dum raio de sol.

— Por que chora? — murmurou baixinho para a sua vizinha, uma margarida.

— Chora por uma rosa vermelha — respondeu o rouxinol.

— Por uma rosa vermelha? — exclamaram. — Que ridículo!

E o lagarto, que era um tanto cínico, riu às gargalhadas. Mas o rouxinol entendeu o segredo da mágoa do estudante e ficou silencioso na azinheira, a refletir nos mistérios do amor.

De súbito, abriu as asas para voar e lançou-se aos ares. Atravessou o bosque como uma sombra, e como uma sombra voou pelo jardim.

No meio dum canteiro erguia-se graciosa roseira; apenas a viu, voou para ela, pousando num dos seus ramos.

— Dá-me uma rosa vermelha — pediu — e cantarei para ti a minha mais linda canção.

Mas a roseira sacudiu a cabeça.

— As minhas rosas são brancas — respondeu —, tão brancas como a espuma do mar, mais brancas que a neve das montanhas. Mas vai ter com a minha irmã, que cresce em volta do velho relógio de sol e talvez ela te dê o que desejas.

Então o rouxinol voou para a roseira que crescia em volta do velho relógio de sol.

— Dá-me uma rosa vermelha — pediu — e eu cantarei para ti a minha mais linda canção.

Mas a roseira sacudiu a cabeça.

— As minhas rosas são amarelas — respondeu —, tão amarelas como os cabelos da sereia que está sentada num trono de âmbar e mais amarelas que o narciso que floresce no prado antes de chegar o ceifeiro com a sua foice. Mas vai ter com a minha irmã, que fica por baixo da janela do estudante, e talvez ela te dê o que desejas.

O rouxinol dirigiu-se então para a roseira que crescia debaixo da janela do estudante.

— Dá-me uma rosa vermelha — pediu — e eu cantarei para ti a minha mais linda canção.

Mas a roseira sacudiu a cabeça.

— As minhas rosas são encarnadas — respondeu —, tão encarnadas como os pés da pomba, mais encarnadas que os grandes leques de coral que se agitam nos abismos do oceano. Mas o inverno gelou-me as veias, a geada queimou-me os botões e a tempestade quebrou os meus ramos. Não terei rosas por todo este ano.

— Uma só rosa vermelha é tudo o que desejo — disse o rouxinol. — Uma só! Não haverá meio de obtê-la?

— Há um meio — respondeu a roseira —, mas é tão terrível que não ouso dizer-lhe.

— Dize-me — insistiu o rouxinol. — Não tenho medo.

— Se desejas uma rosa vermelha — replicou a roseira —, tens de criá-la com a música ao luar e tingi-la com o sangue do teu coração. Tens de cantar para mim com o teu peito apoiado contra um dos meus espinhos. Toda a noite tens de cantar, e o espinho há de atravessar-te o coração e o sangue da tua vida há de correr para as minhas veias, convertendo-se no meu sangue.

— A morte é um preço muito alto por uma rosa vermelha — observou o rouxinol — e todos temos um grande amor à vida. É tão agradável pousar entre a verde folhagem do bosque e ver o sol no seu carro de ouro e a lua no seu carro de pérolas! Suave é o perfume dos espinheiros em flor e belas as campainhas azuis que se escondem no vale e a urze que floresce na colina. Contudo, o amor é melhor que a vida, e que é o coração de uma ave comparado com o coração de um homem?

E abriu as asas para o voo e elevou-se nos ares. Adejou sobre o jardim como uma sombra, e como uma sombra atravessou o bosque.

O jovem estudante estava ainda deitado sobre a relva onde o deixara e as lágrimas não tinham ainda enxugado nos seus lindos olhos.

— Alegra-te! — exclamou o rouxinol. — E sê feliz! Terás a tua rosa vermelha. Criá-la-ei com música ao luar e tingi-la-ei com o sangue do meu coração. Só te peço, em troca, que sejas um verdadeiro apaixonado, porque o Amor é mais sábio que a Filosofia, embora ela seja sábia e mais forte que o Poder, embora ele seja forte. As suas asas têm a cor das chamas e cor de fogo é o seu corpo. Seus lábios são doces como o mel e o seu hálito, perfumado como o incenso.

O estudante levantou os olhos da relva e escutou, mas não podia compreender o que o rouxinol lhe dizia, porque só sabia as coisas que estão escritas nos livros.

Mas a azinheira entendeu-o e ficou triste, porque era muito amiga do rouxinol, que fizera o ninho entre os seus ramos.

— Canta-me uma última canção — disse ela, em voz baixa —; sentir-me-ei tão só quando tiveres partido.

O rouxinol cantou para a azinheira, e a sua voz era como o murmúrio da água que cai de um jarro de prata.

Quando acabou de cantar, o estudante levantou-se e tirou do bolso um caderno e um lápis.

— O rouxinol — dizia ele consigo, ao passar pela alameda — tem a forma, inegavelmente; mas terá ele o sentimento? Receio que não. Ele é, de fato, como a maioria dos artistas: é todo estilo, sem nenhuma sinceridade. Não seria capaz de sacrificar-se por ninguém; só pensa em Música, e é bem sabido de todos que as Artes são egoístas. De qualquer maneira, é preciso admitir que a sua voz tem notas cheias de beleza; que pena que nada signifiquem nem façam bem algum!

E foi para o seu quarto, deitou-se no pequeno leito e começou a pensar no seu amor; depois de algum tempo, adormeceu.

E, quando a lua brilhou no céu, o rouxinol voou para a roseira e chegou o peito ao espinho. Levou toda a noite a cantar, com o peito contra o espinho, e a fria lua de cristal curvou-se para escutá-lo. Cantou toda a noite, o espinho ia-se-lhe enterrando cada vez mais fundo no peito, e o sangue da sua vida ia-se-lhe escoando das veias.

Primeiro cantou o nascimento do amor no coração dum rapaz e duma jovem. E no mais alto ramo da roseira desabrochou então uma rosa deslumbrante, pétala após pétala, como a uma canção sucedia outra canção. A princípio a rosa era pálida como a neblina que paira sobre o rio, pálida como os pés da madrugada e cor de prata como as asas da aurora. Como a sombra de uma rosa num espelho de prata, como sombra de uma rosa num lago, assim era a rosa que florescia no mais alto ramo da roseira.

Mas a roseira pediu ao rouxinol que apertasse mais fortemente o peito contra o espinho.

— Aperta mais, querido rouxinol — dizia ela —, ou chegará o dia sem que a rosa esteja acabada.

Então o rouxinol apertou mais fortemente o peito contra o espinho e cada vez cantava mais alto, pois cantava o despertar da paixão na alma de um homem e de uma mulher.

E um delicado rubor, como o rubor do noivo que beija os lábios da sua noiva, tingiu as pétalas da rosa. Mas o espinho não tinha ainda chegado ao coração do rouxinol, e por isso o coração da rosa continuava branco, porque só o sangue do coração de um rouxinol pode tingir de carmesim o coração duma rosa.

A roseira insistiu com o rouxinol para que apertasse mais o peito contra o espinho.

— Aperta mais fortemente, querido rouxinol, ou amanhecerá antes que a rosa esteja acabada.

Então o rouxinol apertou mais fortemente o peito contra o espinho, que lhe rasgou o coração. Uma dor cruel lhe percorreu o corpo. Amarga, muito amarga era a dor e seu canto era cada vez mais ardente, porque cantava o amor sublimado pela Morte, o amor que não morre no túmulo.

E a rosa cobriu-se das tintas rubras do céu do Oriente. As suas pétalas eram cor de carmim, e vermelho como um rubi o seu coração.

Mas a voz do rouxinol foi enfraquecendo, suas asas pequeninas começaram a estremecer e uma nuvem lhe velou os olhos. Cada vez mais enfraquecia a sua voz, e o rouxinol sentia na garganta algo que o sufocava.

Então, soltou um último acorde. A pálida lua ouviu-o, esqueceu-se da alvorada e parou no céu. A rosa encarnada ouviu-o, estremeceu de êxtase e abriu as suas pétalas à brisa fresca da manhã. O eco levou-o para as quebradas dos vales cor de púrpura, despertando dos seus sonhos os pastores adormecidos. Flutuou por entre os juncos do rio que levaram a sua mensagem até o mar.

— Olha! Olha! — exclamou a roseira. — Já está acabada a rosa.

Mas o rouxinol não respondeu. Jazia morto na relva alta, com o espinho cravado no coração.

E ao meio-dia o estudante abriu a janela do quarto e olhou para fora.

— Que felicidade! — exclamou. — Aqui está uma rosa vermelha! Nunca vi uma rosa assim em toda a minha vida. É tão bela que há de ter, em latim, um nome muito comprido.

E, inclinando-se, colheu-a.

Em seguida, pôs o chapéu e correu à casa do professor, com a rosa na mão.

A filha do professor estava sentada na porta, enrolando um novelo de seda azul num carretel, com um cachorrinho deitado aos pés.

— Disseste que dançarias comigo, se eu te trouxesse uma rosa vermelha — disse o estudante. — Aqui está a rosa mais vermelha do mundo. Hás de colocá-la esta noite sobre o teu coração, e, enquanto dançarmos, ela te dirá do meu amor.

Mas a jovem franziu a testa.

— Receio que esta rosa não diga bem com a cor do meu vestido — respondeu —; demais, o sobrinho do camarista enviou-me algumas joias verdadeiras e toda a gente sabe que joias custam muito mais que flores.

— Por minha fé, és muito ingrata! — exclamou o estudante, indignado. E atirou a rosa para a rua, onde caiu na valeta, e a roda dum carro a esmagou.

— Ingrato! — exclamou a jovem. — Sempre és muito grosseiro! E, demais, quem és tu? Um simples estudante. Não creio que jamais tivesses fivelas de prata nos teus sapatos como o sobrinho do camarista.

E, levantando-se da cadeira, entrou em casa.

— Que coisa estúpida é o amor! — disse o estudante, afastando-se. — Não tem nem a metade da utilidade da lógica, pois com ele nada se prova, e fala-nos sempre de coisas que nunca vão acontecer fazendo-nos acreditar em coisas destituídas de realidade. Logo, o amor não é coisa prática e, como hoje ser prático é tudo, voltarei a dedicar-me à filosofia e ao estudo da metafísica.

Então voltou ao seu quarto, abriu um grande livro poeirento e pôs-se a ler.

O modelo milionário
Um preito de admiração

Quando uma pessoa não é rica, não adianta ser simpática. Romantismo é privilégio dos abastados, não a profissão dos desempregados. Os pobres deveriam ser práticos e prosaicos. É melhor possuir uma renda permanente do que ser fascinante. Estas são as duras verdades da vida moderna que Hughie Erskine jamais chegou a compreender. Pobre Hughie! Precisamos admitir que intelectualmente ele não tinha grande valor. Nunca disse algo brilhante, ou mesmo ferino, em sua vida. Era, porém, muito atraente com seus cabelos castanhos ondulados, perfil correto e olhos cinzentos. Era tão estimado pelos homens como pelas mulheres e possuía todos os requintes de educação, exceto a habilidade para ganhar dinheiro. Seu pai tinha-lhe deixado em testamento uma espada de cavalaria e a *História da Guerra Peninsular*, em 15 volumes. Hughie dependurou a primeira sobre o espelho, colocou a segunda numa prateleira, entre o *Ruff's Guide* e o *Bailey's Magazine*, e passou a viver com as duzentas libras por ano que lhe dava uma velha tia. Havia tentado de tudo. Frequentara a Bolsa durante seis meses; mas que havia de fazer um cordeiro entre tantos lobos e leões? Tinha negociado com chá durante um período um pouco mais longo, porém em breve se cansara. Em seguida, tentara vender xerez seco. Não dera resultado; o xerez era um tanto seco demais. Acabara por não ser coisa alguma: um rapaz encantador e inútil com um perfil impecável e sem profissão.

Para agravar a situação, estava apaixonado. A jovem a quem amava era Laura Merton, filha de um coronel reformado que perdera o bom humor e a saúde na Índia e jamais os recuperara. Laura o adorava e ele estava pronto a beijar-lhe os cordões dos sapatos. Era o casal mais bonito de Londres e nenhum dos dois tinha um único centavo. O coronel estimava muito o rapaz, mas não queria ouvir falar em noivado.

— Procure-me quando tiver dez mil libras, rapaz. Então, veremos — costumava dizer.

Hughie ficava muito abatido nesses dias e, para consolar-se, procurava Laura.

Certa manhã, quando se dirigia a Holland Park, onde residiam os Merton, resolveu fazer uma rápida visita a um grande amigo, Alan Trevor. Trevor era pintor. Na verdade, quase ninguém escapa disso hoje em dia. Este, porém, era também um artista e os artistas são raros. Alan era uma pessoa um tanto esquisita e rude, de rosto sardento e barba vermelha e desalinhada. Contudo, ao pegar o pincel era um verdadeiro mestre e seus quadros eram muito disputados. A princípio, sentira-se atraído por Hughie por causa do seu encanto pessoal. Costumava dizer:

— As únicas pessoas a quem um pintor deve conhecer são as belas e as tolas; contemplar as primeiras é um prazer artístico e conversar com as segundas é um repouso intelectual. Os homens elegantes e as mulheres bonitas governam o mundo, ou pelo menos deveriam fazê-lo.

Contudo, depois de conhecer Hughie mais profundamente, passara a gostar dele por sua alegre disposição de espírito e de sua natureza generosa e despreocupada. Concedera-lhe, então, ingresso permanente em seu estúdio.

Ao entrar, Hughie encontrou Trevor dando os toques finais ao maravilhoso retrato de um mendigo, em tamanho natural. O modelo estava de pé num estrado a um dos cantos da sala. Era um velho magro, com rosto de pergaminho enrugado e uma expressão lastimosa. Tinha nos ombros uma grosseira capa marrom toda esfarrapada e suas grossas botas estavam cobertas de remendos. Com uma das mãos apoiava-se a um rude cajado e com a outra estendia seu velho chapéu, suplicando esmolas.

— Que surpreendente modelo! — murmurou Hughie, ao apertar a mão do amigo.

— Modelo surpreendente? — falou Trevor em voz alta. — Não há dúvida! Não se encontram mendigos assim todos os dias. *Une trouvaille, mon cher.** Velasquez redivivo! Que sorte! Que esboço maravilhoso Rembrandt teria feito dele!

— Pobre homem! — disse Hughie. — Como parece infeliz! Mas suponho que para vocês, pintores, seu rosto valha uma fortuna.

— Não há dúvida! — respondeu Trevor. — Você não quereria que um mendigo parecesse feliz, não é?

---

* Um achado, meu caro (em francês no original).

— Quanto ganha um modelo para posar? — perguntou Hughie, instalando-se confortavelmente num divã.

— Um xelim por hora.

— E quanto ganha você por este quadro, Alan?

— Ah, por este ganharei dois milhares!

— De libras?

— De guinéus. Pintores, médicos e poetas ganham sempre guinéus.

— Bem, acho que o modelo devia receber uma percentagem — exclamou Hughie, rindo. — Trabalha tanto quanto você.

— Que tolice! Veja só o trabalho de colocar as tintas e ficar de pé o dia inteiro diante do cavalete! Para você é fácil falar, Hughie, mas asseguro-lhe que há momentos em que a arte quase atinge a dignidade de trabalho manual. Mas você não deve tagarelar; estou muito ocupado. Fume um cigarro e fique quieto.

Depois de algum tempo, o criado entrou e disse a Trevor que o fabricante de molduras desejava falar-lhe.

— Não fuja, Hughie — disse ao sair. — Volto já.

O velho mendigo aproveitou-se da ausência de Trevor para descansar um momento num banco de madeira que se achava atrás dele. Parecia tão desamparado e infeliz que Hughie não pôde deixar de sentir pena dele e remexer nos bolsos a ver quanto dinheiro tinha. Tudo o que encontrou foi uma libra e alguns trocos.

"Pobre homem", pensou consigo mesmo. "Ele precisa mais do dinheiro do que eu, mas isto significa que terei de andar a pé durante 15 dias."

E, atravessando o estúdio, colocou a libra na mão do mendigo.

O velho teve um sobressalto e um pálido sorriso brincou-lhe nos lábios murchos.

— Obrigado, meu senhor — disse. — Obrigado.

Nesse momento, Trevor regressou e Hughie despediu-se, corando um pouco pelo que tinha feito. Passou o dia com Laura, ouviu uma encantadora censura pela extravagância que fizera e depois teve que voltar a pé para casa.

Naquela noite, entrou no Palette Club cerca de 11 horas e encontrou Trevor sozinho no salão de fumar, bebendo vinho do Reno e seltzer.

— Então, Alan, terminou o quadro? — perguntou enquanto acendia um cigarro.

— Terminado e emoldurado, meu rapaz! — respondeu Trevor. — E, por falar nisso, você fez uma conquista. Aquele velho modelo está encantado com você. Tive que contar-lhe tudo a seu respeito: quem é, onde mora, qual é a sua renda, quais as suas perspectivas...

— Meu caro Alan — exclamou Hughie —, vou provavelmente encontrá-lo à minha espera quando chegar a casa. Mas você está gracejando, com certeza. Pobre velho! Tenho um monte de roupas usadas em casa; acha que ele se interessaria por elas? Seus andrajos estavam caindo aos pedaços.

— Contudo, fica esplêndido vestido assim — disse Trevor. — Não o pintaria em traje de cerimônia por quantia alguma. O que você chama andrajos eu denomino poesia. O que lhe parece pobre é para mim pitoresco. Contudo, vou transmitir-lhe seu oferecimento.

— Alan — disse Hughie com seriedade —, vocês, pintores, não têm coração.

— O coração de um artista fica em seu cérebro — replicou Trevor. — Além disso, nossa tarefa é interpretar o mundo como o vemos, e não reformá-lo à nossa moda. *A chacun son métier.** E agora diga-me como está Laura. O velho modelo ficou muito interessado por ela.

— Você quer dizer que falou a seu respeito? — perguntou Hughie.

— Certamente. Ele agora sabe tudo a respeito do inexorável coronel, da encantadora Laura e das dez mil libras.

— Você contou àquele mendigo toda a minha vida particular? — perguntou Hughie, muito vermelho e zangado.

— Meu caro rapaz — respondeu Trevor sorrindo —, aquele velho mendigo, como você o chama, é um dos homens mais ricos da Europa. Poderia comprar Londres inteira amanhã sem liquidar sua conta. Possui uma residência em cada capital, come em baixela de ouro e se quiser pode impedir que a Rússia entre na guerra.

— Que quer você dizer com isso? — perguntou Hughie.

— Exatamente o que disse — respondeu Trevor. — O velho que você viu hoje no estúdio era o Barão Hausberg. Ele é um grande amigo meu. Compra todos os meus quadros e há um mês pediu-me que o pintasse como mendigo. *Que voulez-vous? La fantaisie d'un millionnaire.***

---

* Cada qual com seu ofício (em francês no original).

** O que você quer? Fantasia de milionário! (em francês no original).

E devo dizer que estava magnífico em seus andrajos, ou melhor, em meus andrajos: é uma velha roupa que comprei na Espanha.

— O Barão Hausberg! Céus! Eu lhe dei uma libra! — exclamou Hughie afundando na poltrona, a própria figura do desânimo.

— Deu-lhe uma libra! — gritou Trevor, pondo-se a rir. — Meu caro rapaz, você jamais tornará a vê-la. *Son affaire c'est l'argent des autres.**

— Acho que você me poderia ter prevenido, impedindo que eu fizesse o papel de tolo — disse Hughie, de mau humor.

— Bem, para começar, nunca me passou pela cabeça que você distribuísse esmolas com tanta extravagância. Compreendo que beije uma bonita modelo, mas que dê uma libra a um velho feio, ah, isso não! Além disso, a verdade é que hoje eu não estava em casa para pessoa alguma e, quando você entrou, eu não sabia se Hausberg gostaria de ser apresentado. Como sabe, ele não estava muito bem-vestido.

— Deve pensar que eu sou um tolo! — disse Hughie.

— De modo algum. Parecia muito bem-humorado quando você saiu; ficou rindo sozinho e esfregando suas velhas e enrugadas mãos. Não compreendi por que estava tão interessado em você, mas agora já sei. Vai investir a sua libra, Hughie, pagar-lhe os juros de seis em seis meses e terá assim uma história formidável para contar depois do jantar.

— Não tenho sorte — respondeu Hughie. — O melhor que posso fazer é ir para a cama. E, meu caro Alan, não conte a ninguém. Não teria coragem de aparecer no Row.

— Tolice! Ressalta seu espírito filantrópico, Hughie. E não fuja. Fume outro cigarro e fale sobre Laura tanto quanto quiser.

Hughie, porém, não quis ficar e seguiu a pé para casa, sentindo-se muito infeliz e deixando Alan Trevor às gargalhadas.

Na manhã seguinte, quando estava tomando o café, o criado entregou-lhe um cartão onde se lia: "M. Gustave Naudin, *de la part de M. le Baron* Hausberg."

— Suponho que venha solicitar desculpas — disse Hughie para consigo, mandando o criado introduzir o visitante.

---

* Ele se ocupa com o dinheiro alheio (em francês no original).

Um senhor de óculos de ouro e cabelos grisalhos entrou na sala e disse com ligeiro sotaque francês:

— Tenho a honra de falar ao senhor Erskine?

Hughie inclinou-se.

—Venho da parte do Barão Hausberg — continuou. — O Barão...

— Peço-lhe que transmita o meu pedido de desculpas — gaguejou Hughie.

— O Barão me pediu que lhe entregasse esta carta — disse o homem com um sorriso, estendendo um envelope lacrado.

No sobrescrito lia-se: "Presente de casamento para Hughie Erskine e Laura Merton, de um velho mendigo", e dentro havia um cheque de dez mil libras.

Alan Trevor foi o padrinho e o Barão fez um discurso na festa do casamento.

— Milionários-modelo são bastante raros — observou Alan —, mas, por Júpiter, modelos milionários são ainda mais raros!

O pescador e a sua alma

Noite por noite, o jovem pescador saía para o mar e lançava as redes.

Quando o vento soprava da terra, não apanhava nada, ou muito pouco, porque era um vento áspero, de asas negras, e altas vagas se levantavam para o defrontar. Mas, quando o vento soprava para a costa, os peixes subiam das profundezas do mar, nadavam para as malhas da sua rede e ele levava-os para o mercado e vendia-os.

Todas as noites ele saía para o mar e uma noite a rede estava tão pesada que ele mal podia içá-la para bordo. E, rindo, disse para consigo:

— Com certeza apanhei todos os peixes do mar ou algum monstro que maravilhará os homens, ou algum ente horrível que a grande rainha há de desejar.

E empregando todas as suas forças, puxou as cordas até as veias se lhe marcarem nos braços, como linhas de esmalte azul de um vaso de bronze. Puxou as cordas delgadas e cada vez se aproximava mais o círculo das pequenas boias de cortiça, até que, por fim, a rede veio à tona d'água.

Não havia, porém, nenhum peixe, nem monstro, nem ente horrível, mas tão só uma pequena sereia profundamente adormecida.

Seus cabelos eram como um velo de ouro molhado e cada cabelo separado, um fio de ouro numa taça de cristal. O corpo era branco como marfim. De prata e madrepérola era a sua cauda e as algas verdes do mar enrolavam-se em volta dela; como conchas do mar eram os seus ouvidos e os lábios, como coral. As ondas frias batiam-lhe nos frios seios e o sal brilhava-lhe nas pálpebras.

Tão formosa era ela que o jovem pescador ficou cheio de admiração quando a viu; puxou mais a rede e, debruçando-se da borda, tomou-a nos braços. E, quando lhe tocou, ela soltou um grito como de gaivota assustada, acordou, olhou-o com os olhos de ametista cheios de terror e lutou para escapar. Ele, porém, apertou-a muito de encontro a si e não a deixou partir.

E quando ela viu que não podia fugir-lhe, começou a chorar e disse-lhe:

— Peço-te que me deixes ir porque sou a única filha de um rei e o meu pai é velho e sozinho.

Mas o pescador respondeu-lhe:

— Não te deixarei partir sem que me prometas vir cantar para mim sempre que eu te chame, porque os peixes adoram ouvir os cantos das sereias e assim estarão sempre cheias as minhas redes.

— Realmente me deixarás partir, se eu te prometer? — inquiriu a sereia.

— Na verdade, deixar-te-ei partir — tornou o pescador.

Então ela fez-lhe a promessa que ele desejava: palavra de sereia. E o pescador soltou-a dos braços e logo ela mergulhou na água, trêmula de receio.

Todas as noites saía o pescador para o mar e chamava a sereia, e ela surgia das águas e cantava para ele. Em redor dela nadavam os golfinhos e as gaivotas voltejavam-lhe sobre a cabeça.

E ela cantava uma canção maravilhosa. Cantava a gente do mar, que conduz os seus rebanhos de caverna em caverna e leva aos ombros as vitelinhas: os tritões de longas barbas verdes e peitos cabeludos que fazem soar os búzios quando passa o rei; o palácio do rei, que é todo de âmbar, coberto de límpida esmeralda e cujo pavimento é de pérolas fulgentes; e os jardins do mar, onde se agitam durante todo o dia os grandes leques de filigrana de coral, os peixes volteiam como aves de prata, as anêmonas se prendem às rochas e os cravos desabrocham na areia fulva e raiada. Cantava as grandes baleias que vêm dos mares do Norte e trazem pingentes de gelo nas barbatanas; as sereias, que dizem coisas tão maravilhosas que os mercadores tapam os ouvidos com cera, com receio de as ouvir, para não saltarem ao mar e se afogarem; as galeras afundadas, com seus altos mastros, os marinheiros enregelados que se agarram ao cordame e as cavalas que entram e saem pelas vigias abertas; as pequenas lapas, que são grandes viajantes, se agarram às quilhas dos barcos e assim dão a volta ao mundo; e as sibas, que vivem junto dos penhascos, estendem os longos braços negros e fazem a noite, quando lhes apraz. Cantava o caracol do mar, que tem um barco próprio, feito de opala, com uma vela de seda; os felizes tritões, que tocam harpa e sabem adormecer o grande Kraken; as criancinhas que apanham os viscosos golfinhos e os cavalgam, rindo; as sereias reclinadas na espuma branca, que estendem os braços aos marinheiros; as focas, com seus colmilhos curvos, e os cavalos-marinhos, de crinas flutuantes...

E quando ela cantava, todos os atuns subiam a escutá-la e o pescador apanhava uns com as redes, outros com o arpão. E quando o barco estava bem carregado, a sereia sorria-lhe e mergulhava no mar.

Contudo, nunca queria aproximar-se tanto que ele pudesse tocar-lhe. Muitas vezes ele a chamava e lhe suplicava, mas ela não cedia.

E se ele procurava agarrá-la, mergulhava como uma foca e não lhe aparecia mais naquele dia. E cada dia o som da sua voz parecia mais doce aos ouvidos do pescador. Tão suave era essa voz que ele esquecia as redes e o engenho, e não cuidava do seu ofício. Com barbatanas de vermelhão e olhos de ouro lustroso, passavam os atuns aos cardumes, mas ele não lhes dava atenção. Inútil jaziam o arpão ao seu lado e vazios os cestos de vime. Com os lábios apertados e os olhos parados de admiração, sentava-se no barco, ocioso, e escutava, escutava, até que as neblinas do mar o envolviam e a lua errante lhe manchava de prata os membros tostados.

E, uma noite, chamou-a e disse-lhe:

— Sereia, minha sereia, eu te amo! Toma-me por esposo, porque muito te amo.

Mas a sereia abanou a cabeça.

— Tu tens uma alma humana — disse ela. — Só poderia amar-te se te libertasses da tua alma.

E o jovem pescador disse de si para consigo:

— Para que me serve a minha alma? Não a posso ver. Não posso tocar-lhe. Não a conheço. Vou-me desfazer dela e grande será a minha ventura.

Um grito de alegria lhe saiu dos lábios e, pondo-se em pé no barco pintado, estendeu os braços à sereia.

— Despedirei a minha alma — gritou. — E tu serás a minha noiva e eu o teu noivo, e viveremos juntos no fundo do mar; mostrar-me-ás tudo o que cantaste, eu farei tudo o que desejares e nunca as nossas vidas se afastarão.

E a pequena sereia riu de prazer, escondendo a face nas mãos.

— Mas como me hei de desfazer da minha alma? — inquiriu o jovem pescador. — Dize-me como posso fazê-lo, e eu o farei.

— Ai de mim! Não sei — disse a sereia. — Os habitantes do mar não têm alma.

E desceu para as profundezas do mar, olhando-o ansiosamente.

* * *

Na manhã seguinte, ainda o sol não ia um palmo acima da montanha, o jovem pescador dirigiu-se à casa do padre e três vezes bateu à porta.

Um noviço espreitou pelo postigo e, quando viu quem era, puxou o ferrolho e disse-lhe:

— Entra.

O jovem pescador entrou, ajoelhou nas odoríferas esteiras do chão e disse ao padre, que lia a Santa Bíblia:

— Meu padre, estou apaixonado por uma sereia e a minha alma impede-me de realizar o meu desejo. Dize-me como posso desfazer--me da minha alma, porque, na verdade, não preciso dela. Que valor tem ela para mim? Não posso vê-la. Não posso tocar-lhe. Não a conheço.

O padre bateu no peito e exclamou:

— Misericórdia, misericórdia! Estás louco ou comeste alguma erva venenosa, porque a alma é a parte mais nobre do homem e foi-nos dada por Deus para que a usássemos nobremente. Não há nada mais precioso que a alma humana, nem coisa terrena que lhe possa ser comparada. Vale todo o ouro da Terra e é mais preciosa que os rubis dos reis. Portanto, meu filho, esquece esse amor, que é um pecado sem perdão. Quanto aos habitantes do mar, estão perdidos, e perdidos estão todos os que com eles lidam. São como os animais do campo, que não distinguem o bem do mal, e não foi por eles que o Senhor morreu.

Os olhos do jovem pescador encheram-se de lágrimas quando ouviu as amargas palavras do padre. E, levantando-se, disse-lhe:

— Meu padre, os faunos vivem na floresta e são felizes; nas rochas estão sentados os tritões, com as suas harpas de ouro vermelho. Deixa--me ser como eles, peço-te, porque os seus dias são como os dias das flores. E, quanto à minha alma, para que me serve se se interpõe entre mim e aquela que amo?

— O amor do corpo é vil — gritou o padre, franzindo as sobrancelhas —, e vis e más são as coisas pagãs que Deus tolera que vagueiem por este mundo. Malditos sejam os faunos do bosque e malditas as cantoras do mar! Eu as ouvi de noite e elas procuraram roubar-me ao meu rosário. Riem e batem-me à janela. Murmuram aos meus ouvidos o canto das suas perigosas alegrias. Tentam-me com suas tentações e escarnecem-me quando quero rezar. Estão perdidas, digo-te eu. Para elas não há céu nem inferno e em parte alguma louvarão o nome do Senhor.

— Não sabes o que dizes, padre! — exclamou o jovem pescador. — Uma vez, apanhei na minha rede a filha de um rei. É mais bela que a estrela-d'alva, mais branca que a lua do céu. Pelo seu corpo eu daria a minha alma, renunciaria ao paraíso. Dize-me, pois, o que te peço e deixa-me ir em paz.

— Para fora! Para fora! — gritou o padre. — A tua amada está perdida e tu perder-te-ás com ela.

E não lhe deu a sua bênção, mas expulsou-o da sua porta.

E o jovem pescador desceu ao mercado, com passo lento e a cabeça baixa, como aqueles a quem uma dor aflige.

E, quando os mercadores o viram chegar, começaram a segredar uns aos outros e um avançou ao seu encontro, chamou-o pelo nome e perguntou-lhe:

— Que tens para vender?

— Vendo-te a minha alma — respondeu ele. — Peço-te que ma compres, porque estou farto dela. Para que me serve a minha alma? Não posso vê-la. Não posso tocar-lhe. Não a conheço.

Mas os mercadores troçaram dele, dizendo:

— Para que nos serve a alma dum homem? Não vale nem uma moeda de prata furada. Vende-nos o teu corpo para escravo, e nós vestir-te-emos de púrpura, poremos um anel no teu dedo e faremos de ti o favorito da rainha. Mas não nos fales da alma, que é zero para nós e não tem qualquer valor para o nosso serviço.

E o jovem pescador disse de si para consigo:

— Estranha coisa esta! O padre afirma que a alma vale todo o ouro da Terra, e os mercadores dizem que ela não vale uma moeda de prata furada.

E, saindo do mercado, desceu à beira-mar e começou a cogitar no que havia de fazer.

Ao meio-dia, lembrou-se de que um dos seus companheiros, apanhador de perrexil, lhe falara de uma bruxa ainda nova que morava numa caverna à ponta da baía e era muito hábil nos seus bruxedos.

E logo começou a correr, tão ansioso estava por se libertar da sua alma; e uma nuvem de poeira seguiu-o, enquanto corria pela areia, à roda da baía. Pelo prurido da palma da mão, a bruxa soube da sua vinda e riu, soltando o cabelo ruivo. Envolta no cabelo, foi postar-se à entrada da caverna, segurando na mão um ramo de cicuta em flor.

— Que queres de mim? — perguntou-lhe, ao vê-lo subir o carreiro e curvar-se diante dela. — Peixe para a tua rede, quando o tempo está mau? Possuo uma flauta de cana que chama o peixe para a baía. Mas tem um preço, formoso mancebo, tem um preço. Que queres de mim? Uma tempestade que faça naufragar os navios e atire para a costa as arcas carregadas de tesouros? Tenho mais tempestades que o vento, porque sirvo alguém que é mais forte que o vento. E, com uma peneira e um balde de água, posso mandar as grandes galeras para o fundo do mar. Mas tenho um preço, formoso mancebo, tenho um preço. Que queres de mim? Conheço uma flor que nasce no vale e ninguém mais a conhece. Tem pétalas cor de púrpura e uma estrela no coração e o seu suco é branco como o leite. Tocasses tu com essa flor os lábios duros da rainha e ela seguir-te-ia por todo o mundo. Levantar-se-ia do tálamo do rei e por todo o mundo te seguiria. E tem um preço, formoso mancebo, tem um preço. Que queres de mim? Sei pisar um sapo no almofariz e fazer dele um caldo que mexo com a mão dum finado. Derrama esse caldo nos olhos do teu inimigo, enquanto ele dorme, e transformar-se-á numa víbora negra e a sua própria mãe o matará. Com uma roda, posso arrancar a lua do céu e mostrar-te a morte num espelho. Que queres de mim? Dize-me o teu desejo e eu te satisfarei, e tu me pagarás o meu preço, formoso mancebo, tu me pagarás o meu preço.

— O meu desejo é pouca coisa — disse o pescador. — Contudo, o padre zangou-se comigo e expulsou-me, e os mercadores riram-se de mim e recusaram o que lhes pedi. Por isso vim a ti, embora os homens te chamem má, e pagar-te-ei o teu preço, qualquer que ele seja.

— E que querias tu? — perguntou a bruxa, aproximando-se mais dele.

— Queria desfazer-me da minha alma — respondeu o pescador.

Então a bruxa empalideceu e tremeu, ocultando a face no seu manto azul.

— Formoso mancebo, formoso mancebo! — murmurou. — Terrível coisa é essa!

Mas ele riu, sacudindo os caracóis castanhos.

— Minha alma nada é para mim — exclamou. — Não posso vê-la. Não posso tocar-lhe. Não a conheço.

— Que me darás tu, se eu te disser? — perguntou a bruxa, pousando nele os seus lindos olhos.

— Cinco peças de ouro — disse o pescador — e as minhas redes, e a casa de caniços onde vivo e o barco pintado em que navego. Dize-me só como hei de livrar-me da minha alma e dar-te-ei tudo que possuo.

E a bruxa riu-se dele, troçando, e tocou-lhe com o ramo de cicuta.

— Sei transformar em ouro as folhas do outono — disse ela — e tecer num pano de prata os raios da lua, se o quiser. Aquele a quem sirvo é mais rico que todos os reis deste mundo e tem todos os seus domínios.

— Que queres, então, que te dê — gritou ele —, se o teu preço não é ouro nem prata?

A bruxa passou-lhe no cabelo a mão branca e delgada.

— Tens de dançar comigo, formoso mancebo — murmurou. E sorriu, enquanto falava.

— Só isso? — perguntou o pescador, admirado, e pondo-se em pé.

— Só isso — respondeu a bruxa. E, de novo, lhe sorriu.

— Então, ao pôr do sol, em qualquer lugar oculto, dançarei contigo — disse ele —, e depois dir-me-ás aquilo que desejo saber.

Ela abanou a cabeça.

— Quando for lua cheia, quando for lua cheia — murmurou.

E, então, ela olhou em toda a roda e escutou. Uma ave muito azul levantou-se do ninho, piando, voltejou sobre as dunas e três aves sarapintadas roçaram pela grossa erva cinzenta, assobiando umas às outras. Não se ouviu outro som, além do som duma vaga que batia lá embaixo nos seixos macios. Então, a bruxa estendeu a mão, puxou-o para si, pôs-lhe os lábios secos junto do ouvido.

— Esta noite, tens de ir ao cimo da montanha — segredou. — É dia de Sabá e ele há de vir.

Olhando-a, o jovem pescador estremeceu. Ela riu, mostrando os dentes brancos.

— Quem é esse de que falas? — perguntou ele.

— Não importa. Vai esta noite e espera-me debaixo dos ramos do carvalho. Se um cão preto correr para ti, bate-lhe com uma vara de salgueiro e ele fugirá. Se um mocho te falar, não dês resposta. Quando a lua estiver cheia, eu estarei contigo e dançaremos os dois na relva.

— Mas juras dizer-me como hei de desfazer-me da minha alma? — perguntou ele.

Ela saiu para o sol e o vento agitou-lhe os cabelos ruivos.

— Pelos pés da cabra te juro — respondeu.

— És a melhor das bruxas — exclamou o pescador — e sem dúvida dançarei contigo esta noite no cimo da montanha. Preferia que me tivesses pedido ouro ou prata. Mas, como é o teu preço, recebê-lo-ás, porque é coisa pouca.

E tirou-lhe o barrete, baixou-lhe a cabeça e correu para a cidade, com o coração cheio de alegria.

A bruxa esperou até ele partir. E, quando ele desapareceu da sua vista, entrou na caverna, tirou um espelho duma arca de cedro esculpido, colocou-o numa moldura, queimou verbena diante dele e espreitou por entre as espirais de fumo. Algum tempo depois, enclavinhou as mãos, de desespero.

— Devia ter sido meu — murmurou —, porque eu sou tão formosa quanto ela.

E naquela noite, quando a lua nasceu, o pescador subiu à montanha e parou debaixo dos ramos dum carvalho. Qual chapa de metal polido, o mar redondo ficava aos seus pés e as sombras dos barcos de pesca deslizavam na baía. Um grande mocho, de olhos amarelos como enxofre, chamou-o pelo seu nome, mas ele não respondeu. Um cão preto correu para ele e rosnou. Ele bateu-lhe com uma vara de salgueiro e o cão fugiu, ganindo.

À meia-noite chegaram as bruxas, voando pelo ar como morcegos.

— Puf! — exclamaram elas, ao pousar no chão. — Há aqui alguém que nós não conhecemos!

E farejavam, falavam umas com as outras, faziam sinais. A última a chegar foi a jovem bruxa, com os cabelos de fogo flutuando ao vento. Trazia um vestido de ouro, bordado com penas de pavão, e na cabeça um barrete de veludo verde.

— Onde está ele? Onde está ele? — guincharam as bruxas ao vê-la; mas ela riu, correu para o carvalho e, tomando o pescador pela mão, conduziu-o para o luar e começou a andar. Giraram, giraram e a bruxa saltava tão alto que ele lhe via os saltos vermelhos dos sapatos. Depois, ouviu-se o som de um cavalo a galope, mas não se viu nenhum cavalo e ele teve medo.

— Mais depressa — gritou a bruxa, e passou-lhe os braços em volta do pescoço, e o seu hálito queimava-lhe a face. — Mais depressa, mais depressa — gritava ela, e parecia ao pescador que a terra lhe girava debaixo dos pés, o cérebro perturbou-se-lhe e um grande terror o invadiu, como se alguma coisa má o espreitasse.

Por fim, viu debaixo da sombra de uma rocha um vulto que pouco antes ali não estava.

Era um homem com um traje de veludo negro, talhado à moda espanhola. Seu rosto era extremamente pálido, mas os lábios eram como uma flor vermelha e altiva. Parecia enfadado, encostado à rocha, e brincava distraidamente com o punho da sua adaga. Na relva, a seu lado, estava um chapéu de plumas e um par de luvas de montar, com punhos de renda dourada e uma curiosa divisa bordada a aljôfar. Pendia-lhe do ombro uma capa curta, debruada com peles de marta, e as mãos brancas e delicadas rutilavam de anéis. Pesadas pálpebras lhe descaíam sobre os olhos.

O jovem pescador olhava-o, como alguém emaranhado nas malhas de um feitiço. Por fim, seus olhos encontraram-se e, onde quer que ele dançasse, parecia-lhe sentir cravados em si os olhos do homem. Ouvindo a bruxa rir, agarrou-a pela cintura e fê-la girar, girar, girar loucamente.

Súbito, um cão latiu no bosque. Os dançarinos pararam e, subindo dois a dois, ajoelharam e beijaram as mãos do homem. Enquanto o faziam, um leve sorriso aflorou aos seus lábios altivos, como a asa de uma ave toca na água e a faz sorrir. Mas havia desdém nesse sorriso e ele não deixava de olhar o pescador.

— Vamos! Vamos adorar! — segredou a bruxa, conduzindo-o.

Tomado de um grande desejo de fazer o que ela lhe pedia, o pescador seguiu-a. Quando se aproximou mais, porém, e sem saber por que assim procedia, fez no peito o sinal da cruz e invocou o santo nome.

Mal o fizera, as bruxas começaram a gritar como falcões e fugiram, e a face pálida que o observava torceu-se num espasmo de dor.

O homem avançou para um pequeno bosque e assobiou. Logo um ginete, com xairel de prata, veio a correr ao seu encontro. E, quando saltou para a sela, ele voltou-se e olhou aborrecido o pescador.

Também a bruxa de cabelo ruivo tentou fugir, mas o pescador apanhou-a pelos pulsos e segurou-a bem.

— Larga-me — gritou ela. — Por que nomeaste o que não deve ser nomeado e fizeste o sinal que não deve ser visto?

— Não — respondeu ele —, não te deixarei partir sem que me digas o segredo.

— Que segredo? — perguntou a bruxa, lutando com ele como um gato bravo e mordendo-o com os lábios salpicados de espuma.

— Tu sabes — respondeu ele.

Seus olhos verde-relva turvaram-se de lágrimas, e ela disse ao pescador:

— Pede-me tudo, menos isso!

Ele riu e apertou-a mais.

E, quando ela viu que não podia libertar-se, disse-lhe baixinho:

— Sou tão bela como as filhas do mar e tão formosa como as que moram nas águas azuis. — E encostou-lhe a face, numa carícia.

Mas ele repeliu-a, franzindo o sobrolho, e disse-lhe:

— Se não cumpres a promessa que me fizeste, matar-te-ei como a uma falsa bruxa.

Pálida como a flor da árvore de Judas, a bruxa estremeceu.

— Seja assim — murmurou. — É a tua alma, e não a minha. Faze como te aprouver.

E tirando do cinto uma pequena faca com cabo de víbora verde, entregou-lha.

— Para que me servirá isto? — perguntou o pescador, admirado.

A bruxa ficou calada por momentos e uma sombra de terror lhe nublou as faces. Depois, sacudindo o cabelo da fronte, disse-lhe, com um estranho sorriso:

— O que os homens chamam a sombra do corpo não é a sombra do corpo, mas o corpo da alma. Vai para beira-mar, volta as costas à lua e corta à roda dos pés a tua sombra, que é o corpo da tua alma; ordena, então, à tua alma que te deixe, e ela assim fará.

O jovem pescador estremeceu.

— É verdade o que me dizes? — murmurou.

— É verdade e eu desejava não haver dito — gritou ela.

E agarrou-se-lhe aos joelhos, chorando.

Mas ele afastou-a, deixou-a de rastos na erva viçosa e, dirigindo-se à crista da montanha, colocou a faca no cinto e começou a descer. E a sua alma, que estava dentro dele, chamou-o e disse-lhe:

— Ai! Eu morei dentro de ti todos estes anos e fui a tua fiel serva. Que mal te fiz eu para me expulsares de ti?

E o jovem pescador riu:

— Não me fizeste mal nenhum, mas não preciso de ti — respondeu. — O mundo é largo e há ainda o céu e o inferno e essa morada nebulosa que fica entre os dois. Vai para onde te aprouver, mas não me estorves, que o meu amor chama por mim.

E a sua alma suplicou insistentemente, mas ele não lhe deu atenção, saltando de fraga em fraga, porque seus pés eram seguros como os da cabra-montesa; e chegou, por fim, à planície e à costa amarela do mar.

Com membros de bronze e bem-talhado como a estátua dum grego, parou na praia, de costas para a lua. E da espuma saíam braços brancos que lhe acenavam e das ondas surgiam formas nebulosas que lhe rendiam homenagem. Diante dele estava a sua sombra, que era o corpo da sua alma, e atrás dele flutuava a lua, no ar cor de mel.

E a alma disse-lhe:

— Se, na verdade, queres separar-me de ti, não me mandes sem um coração. O mundo é cruel; dá-me o teu coração, para que o leve comigo.

Ele abanou a cabeça e sorriu.

— Com que amaria o meu amor se te desse o meu coração? — perguntou.

— Sê misericordioso — suplicou a alma —, porque o mundo é cruel e eu tenho medo!

— O meu coração é do meu amor — respondeu ele. — Não te demores, pois, e trata de partir.

— E não hei de amar também? — perguntou a alma.

— Vai-te, que não tenho necessidade de ti — gritou o jovem pescador.

E tirou a faca com cabo de pele de víbora verde, cortou a sombra à roda dos seus pés e ela levantou-se, parou à sua frente e olhou-o;

era como se fosse ele próprio. O pescador recuou, meteu a faca no cinto e um sentimento de terror o invadiu.

— Vai-te — murmurou —, e que eu não te veja mais.

— Mas temos de voltar a encontrar-nos — disse-lhe a alma.

Sua voz era baixa e aflautada e os lábios mal se moviam enquanto falava.

— Como nos encontraremos? — gritou o pescador. — Certamente não vais seguir-me às profundezas do mar?

— Uma vez em cada ano, virei a este lugar e chamarei por ti — disse a alma. — Pode acontecer que tenhas necessidade de mim.

— Que necessidade havia eu de ter de ti! — exclamou o jovem pescador. — Mas seja como desejas.

E mergulhou na água. Os tritões tocaram as suas trompas e a pequena sereia subiu ao seu encontro, passou-lhe os braços em volta do pescoço e beijou-o na boca. E a alma, na praia solitária, contemplava-os. E, quando eles mergulharam no mar, afastou-se por sobre os pântanos, chorando.

E quando foi passado um ano, a alma desceu à costa do mar e chamou o pescador. E ele subiu do fundo do mar e perguntou:

— Por que me chamas?

E a alma respondeu:

— Aproxima-te, para que eu possa falar-te, pois vi coisas maravilhosas.

E ele aproximou-se, deitou-se na água pouco profunda, apoiou a cabeça na mão e escutou. E a alma disse-lhe:

— Quando te deixei, voltei o meu rosto para o oriente e caminhei. Do oriente vem tudo o que é sensato. Seis dias viajei e, na manhã do sétimo dia, cheguei a um monte que fica no país dos tártaros. Sentei-me à sombra de uma tamargueira, para me abrigar do sol. A terra era seca e ardente. As gentes iam e vinham na planície como moscas que passeiam num disco de cobre polido.

"Quando soou o meio-dia, uma nuvem de poeira vermelha subiu da orla plana da terra. Quando os tártaros a viram, retesaram os seus arcos pintados, montaram a cavalo e galoparam ao seu encontro. As mulheres, gritando, fugiram para os carroções e esconderam-se atrás das cortinas de feltro.

"Pelo crepúsculo, os tártaros voltaram, mas cinco deles faltavam e não poucos dos que voltaram haviam sido feridos. Atrelaram os cavalos aos carroções e afastaram-se rapidamente. Três chacais saíram duma toca e espreitaram-nos. Depois farejaram no ar e correram em sentido oposto.

"Quando a lua nasceu, vi a fogueira dum acampamento na planície e caminhei para lá. Um grupo de mercadores estava sentado em tapetes em torno dela. Os camelos eram guardados, um pouco atrás, rodeados de paliçadas, e os negros, seus servos, armavam na areia as tendas de pele alcatroada e faziam uma alta barreira com ramos de espinheiro.

"Quando me aproximei, o chefe dos mercadores desembainhou a espada e perguntou-me o que queria.

"Respondi que era um príncipe no meu próprio país e que havia fugido aos tártaros, que me queriam tomar por escravo. O chefe sorriu e mostrou-me cinco cabeças espetadas em longas hastes de bambu.

"Depois perguntou-me quem era o profeta de Deus, e eu lhe respondi que era Maomé.

"Quando ouviu o nome do falso profeta, fez uma vênia, tomou-me pela mão e colocou-me ao seu lado. Um negro trouxe-me leite de égua num prato de madeira e um pedaço de cordeiro assado.

"Ao romper da alva, partimos em viagem. Eu montava um camelo de pelo fulvo, ao lado do chefe, e um peão corria à nossa frente, segurando uma lança. Os guerreiros dispunham-se de ambos os lados e as mulas seguiam-nos, carregadas de mercadorias. Havia quarenta camelos na caravana e duas vezes esse número de cavalos.

"Saímos do país dos tártaros para a terra daqueles que amaldiçoam a lua. Vimos os grifos que guardavam o ouro nas rochas brancas, e os dragões escamosos que dormiam nas cavernas. Ao transpor as montanhas, sustínhamos a respiração, com receio de que as neves caíssem sobre nós, e cada homem atava um véu de gaza diante dos olhos. Ao passarmos nos vales, os pigmeus, metidos nos troncos das árvores, atiravam-nos flechas; e à noite ouvíamos os selvagens rufarem tambores. Quando chegamos à torre dos símios, colocamos-lhes frutos diante dela e eles não nos fizeram mal. Quando chegamos à torre das serpentes, demos-lhes leite quente em tigelas de bronze e elas deixaram-nos passar. Três vezes, durante a jornada, chegamos às margens do Oxus. Atravessamo-lo em jangadas de madeira, com grandes odres de tela, cheios de vento. Os cavalos-marinhos raivavam contra nós e procuravam matar-nos. Ao vê-los, os cavalos tremiam.

"Os reis de cada cidade cobravam-nos direitos de portagem, mas não permitiam que passássemos por suas portas. Atiravam-nos pão de cima das muralhas, pãezinhos de milho cozidos com mel e bolos de farinha fina, recheados de tâmaras. Em troca de cem cestos, dávamos-lhes uma conta de âmbar.

"Quando os habitantes das aldeias nos viam chegar, envenenavam os poços e fugiam para o cimo das colinas. Lutamos com os magadae, que nascem velhos, rejuvenescem de ano para ano e morrem quando chegam a criancinhas; com os laktróis, que se dizem filhos de tigres e se pintam de amarelo e preto; e com os aurantes, que sepultam os seus mortos no cimo das árvores e vivem em cavernas escuras, com medo de que os mate o sol, que é seu deus; e com os krimnians, que adoram um crocodilo e lhe dão brincos da relva verde e o alimentam a manteiga e criação fresca; e com os agazombais, que têm focinho de cão; e com os sibans, que têm pés de cavalo e são mais velozes que os cavalos. Uma terça parte do nosso grupo morreu em combate e uma terça parte morreu de fome. E os que restavam murmuravam contra mim, dizendo que eu lhes trouxera má sorte. Então, tirei uma serpente debaixo de uma pedra e deixei que ela me mordesse. E, quando eles viram que daí nenhum mal me vinha, tiveram medo de mim.

"Ao quarto mês, alcançamos a cidade de Illel. Era noite quando chegamos ao fosso que fica por fora dos muros, e o ar estava abafado, porque a lua passava no Escorpião. Colhemos romãs das árvores, partimo-las e bebemos o sumo doce. Depois, deitamo-nos em nossos tapetes e esperamos pela madrugada.

"Pela madrugada, levantamo-nos e batemos às portas da cidade, que eram de bronze vermelho, esculpidas com dragões marinhos e dragões alados. Os guardas olharam-nos das ameias e perguntaram-nos ao que vínhamos. O intérprete da caravana respondeu que vínhamos da ilha da Síria, com muitas mercadorias. Tomaram reféns, disseram-nos que abririam a porta ao meio-dia e mandaram-nos esperar.

"Ao meio-dia, abriram a porta e o povo acorria das suas casas para nos ver, enquanto um pregoeiro percorria a cidade, gritando por um búzio. Paramos no mercado e os negros desataram os fardos. Abriram grandes arcas de sicômoro esculpidas. E, quando terminaram a sua tarefa, os mercadores expuseram as suas estranhas mercadorias.

O linho encerado do Egito e o linho pintado do país dos etíopes; as esponjas cor de púrpura de Tiro e as tapeçarias azuis de Sidon; taças de âmbar, finos vasos de vidro e curiosos vasos de barro. Do telhado duma casa, um grupo de mulheres observava-nos. Uma delas tinha uma máscara de couro dourado. Vieram, no primeiro dia, os sacerdotes e traficaram conosco; no segundo, os nobres; e no terceiro, os artífices e os escravos. É este o seu costume com todos os mercadores, durante todo o tempo que eles se demoram na cidade.

"Demoramo-nos uma lua; e, quando a lua começou a minguar, eu me enfadei e vagueei pelas ruas da cidade e fui dar ao jardim do seu deus. Os sacerdotes, com as túnicas amarelas, moviam-se silenciosamente por entre as árvores verdes, e sobre o pavimento de mármore negro erguia-se a casa cor-de-rosa em que habitava o deus. Nas portas de laca, embutiam-se em relevo touros e pavões de ouro polido. As telhas que a cobriam eram de porcelana verde-mar, e das goteiras salientes pendiam minúsculas campainhas que tilintavam quando, em seus voos, as pombas brancas lhes tocavam com as asas.

"Em frente ao templo havia um lago de água límpida, cujo fundo era de ônix raiado. Deitei-me ao lado dele e toquei com os dedos pálidos nas folhas largas. Um dos sacerdotes dirigiu-se a mim. Calçava sandálias, usava uma pele de serpente, outra de plumagem de aves. Na cabeça, uma mitra de feltro preto, decorada com crescentes de prata. Sua túnica era feita de sete tecidos amarelos diferentes e seus cabelos frisados estavam tintos de antimônio.

"Um momento depois, falou-me e perguntou pelo meu desejo. Disse-lhe que queria ver o deus.

"— O deus anda à caça — disse o sacerdote, olhando-me estranhamente, com seus olhinhos oblíquos.

"— Dize-me em que floresta, e eu cavalgarei com ele — respondi.

"Ele sacudiu as dobras da túnica com as longas unhas pontiagudas.

"— O deus está dormindo — murmurou.

"— Dize-me em que leito e eu o velarei — respondi.

"— O deus está num festim — gritou ele.

"— Se o vinho for doce, eu o beberei com ele, e se for amargo, bebê-lo-ei também. — Foi a minha resposta.

"Ele curvou a cabeça, atônito, e, tomando a minha mão, levantou-me e conduziu-me ao templo.

"E na primeira câmara vi um ídolo sentado num trono de jaspe, bordado de grandes pérolas orientais. Esculpido em ébano, apresentava a estatura de um homem. Na fronte tinha um rubi, e um óleo espesso lhe caía do cabelo sobre as coxas. Os pés estavam vermelhos do sangue de um cabrito recém-sacrificado e cingia-o um cinto de cobre, guarnecido de sete berilos. E perguntei ao sacerdote:

"— É este o deus?

"E ele me respondeu:

"— Este é o deus!

"— Mostra-me o deus — gritei-lhe — ou te matarei!

"E toquei-lhe na mão e ela mirrou-se. Então, suplicou-me:

"— Ó meu senhor, permita que o seu vassalo sare e eu lhe mostrarei o deus!

"E lancei o meu hálito sobre a sua mão, que logo se curou.

"Ele estremeceu e conduziu-me a uma grande câmara, onde vi um ídolo sobre um lótus de jade, de que pendiam grandes esmeraldas. Esculpido em marfim, sua estatura era duas vezes a de um homem. Tinha na fronte um crisólito e os peitos ungidos de mirra e canela. Numa das mãos via-se um cetro de jade arqueado e, na outra, um cristal redondo. Os sapatos eram de latão e à volta do pescoço hercúleo apresentava um colar de selenitos.

"E eu disse ao sacerdote:

"— É este o deus?

"E ele me respondeu:

"— Este é o deus.

"— Mostra-me o deus — gritei — ou te matarei.

"E toquei-lhe nos olhos, e ele cegou.

"E o sacerdote suplicou:

"— Ó meu senhor, permita que o seu servo se cure e eu lhe mostrarei o deus!

"Então lancei o meu hálito sobre os seus olhos e a vista voltou-lhe e ele tremeu de novo e conduziu-me a uma terceira câmara, mas não havia lá imagem nenhuma; somente um espelho redondo de metal estava sobre um altar de pedra.

"E eu disse ao sacerdote:

"— Onde está o deus?

"E ele me respondeu:

"— Não há deus algum, mas só este espelho que aqui vês, que é o Espelho da Sabedoria. E reflete todas as coisas que há no Céu e na Terra, com exceção, apenas, da face de quem olha para ele. Isso não reflete ele, para que possa ser sensato quem para ele olha. Há muitos outros espelhos, mas são espelhos de Opinião. Só este é o Espelho da Sabedoria. E quem possui este espelho sabe tudo e nada lhe é oculto. E quem o não possui não tem sabedoria. Portanto, ele é o deus e nós o adoramos.

"Olhei para o espelho, e era como ele me dissera. E fiz uma coisa estranha. Mas o que fiz não importa, porque, num vale que fica a um dia de jornada deste lugar, escondi o Espelho da Sabedoria. Permite apenas que eu entre de novo em ti e seja tua escrava, e serás mais sábio que todos os homens sábios e a sabedoria será tua. Deixa que eu entre em ti e ninguém será tão sábio como tu."

Mas o jovem pescador riu-se.

— O amor é melhor que a sabedoria — exclamou — e eu tenho o amor da minha sereia.

— Mas nada há melhor que a sabedoria — disse a alma.

— O amor é melhor — respondeu o pescador, mergulhando.

E a alma, chorando, afastou-se por sobre os pântanos.

E, quando passou o segundo ano, a alma desceu à costa e chamou o pescador. E ele subiu e perguntou:

— Por que me chamas?

E a alma respondeu:

— Aproxima-te, para que possa falar-te, pois vi coisas maravilhosas.

E ele se aproximou e deitou-se na água pouco profunda, apoiou a cabeça na mão e escutou. E a alma disse-lhe:

— Quando te deixei, voltei a face para o sul e caminhei. Do sul vem tudo quanto é precioso. Seis dias jornadeei ao longo das estradas que conduzem à cidade de Ashter; ao longo das estradas vermelhas e poeirentas por onde passam os peregrinos jornadeei; e, na manhã do sétimo dia, levantei os olhos e a cidade estava aos meus pés, porque fica num vale.

"Tem nove portas essa cidade e, à frente de cada porta, está um cavalo de bronze, que relincha quando os beduínos descem das montanhas. As muralhas são revestidas de cobre e as torres de vigia são cobertas de latão. Em cada torre está um besteiro armado de um arco. Ao nascer do sol, bate com uma seta num gongo e ao pôr do sol sopra uma trompa de corno.

"Quando quis entrar, os guardas detiveram-me e perguntaram-me quem eu era. Respondi que era um dervixe a caminho de Meca, onde havia um véu verde com o Corão bordado a letras de prata pelas mãos dos anjos. Eles ficaram maravilhados e deixaram-me passar.

"Lá dentro é quase como um bazar. Em verdade, devias ter estado comigo. Através das ruas estreitas, flutuavam as alegres lanternas de papel como grandes borboletas. Quando o vento sopra sobre os telhados, elas sobem e descem como balões pintados. Na frente das suas tendas, sentam-se os mercadores, em tapetes de seda. Têm compridas barbas pretas, e seus turbantes são cobertos de cequins de ouro, e longos cordões de âmbar e caroços de pêssego esculpidos lhes deslizam por entre os dedos frios. Alguns deles vendem nardo e curiosos perfumes das ilhas do mar da Índia e o espesso óleo de rosas vermelhas e mirra e cravinho. Quando para alguém para lhes falar, atiram pitadas de incenso para um braseiro e perfumam o ar. Vi um sírio que tinha nas mãos uma vara delgada como um junco. Saíam dela fios de fumo cinzento e o cheiro, ao arder, era o cheiro da amêndoa na primavera. Outros vendiam braceletes de prata, todos recamados de turquesas azuis, e pulseiras para os tornozelos, debruadas de pequeninas pérolas, garras de tigre engastadas em ouro e garras desse gato dourado, o leopardo, igualmente engastadas em ouro, e brincos de esmeralda e anéis de jade perfurados. Das casas de chá vinha o som da guitarra, e os fumadores de ópio, com os rostos sorridentes e brancos, olhavam para os transeuntes.

"Em verdade, devias ter estado comigo. Os vendedores abrem caminho a cotoveladas por entre a multidão e trazem aos ombros grandes odres de pele negra. A maior parte vende vinho de Xiraz, que é doce como o mel. Servem-no em pequenas taças de metal e espargem sobre ele pétalas de rosa. No mercado, estão os vendedores de frutas. Vendem figos maduros, com a sua polpa macerada e cor de púrpura; belos melões, cor de topázio, que cheiram a almíscar; limões e maçãs e cachos de uvas brancas, laranjas douradas e limões ovais, de ouro verde. Uma vez, vi passar um elefante. Tinha a tromba pintada a vermelhão e curcuma, e por sobre as orelhas uma rede de cordão de seda carmesim. Parou na frente de uma tenda e começou a comer as laranjas, e o homem ria. Não podes imaginar que gente estranha eles são. Quando estão contentes, vão aos vendedores de aves, compram uma ave engaiolada e libertam-na, para tornar maior a sua alegria; e, quando estão tristes, flagelam-se com espinhos, para que a sua dor não diminua.

"Numa tarde, vi alguns negros que levavam um pesado palanquim através do bazar. Era feito de bambu dourado e as varas eram de laca cor de vermelhão, guarnecidas de pavões de cobre. Tapavam as janelas delicadas cortinas de musselina bordadas com asas de escaravelhos e aljôfar e, quando passou, uma circassiana de rosto pálido espreitou e sorriu-me. Segui-a e os negros estudaram o passo, franzindo a carranca. Mas eu não me importei. Uma grande curiosidade me invadia.

"Por fim, passaram junto a uma grande casa branca, que não tinha janelas, mas somente uma porta minúscula, como a porta de um túmulo. Pousaram o palanquim e bateram três vezes, com um martelo de cobre. Um armênio, com um cafetã de couro verde, espreitou pelo postigo; ao vê-los, abriu, estendeu um tapete no chão, e a mulher apeou-se. Ao entrar, voltou-se e, de novo, sorriu-me. Nunca eu vira ninguém tão pálido.

"Quando a lua nasceu, voltei ao mesmo lugar e procurei a sua casa. Ela, porém, já lá não estava. Quando vi isso, compreendi quem era a mulher e por que sorria para mim.

"Realmente, devias ter estado comigo. Pela festa da lua nova, o jovem Imperador saiu do palácio e foi à mesquita orar. Tinha a barba e os cabelos tintos de folhas de rosa, empoadas as faces com fina poalha de ouro. As plantas dos pés e as palmas das mãos eram amarelas de açafrão.

"Ao nascer do sol, saiu do palácio num traje de prata e voltou ao anoitecer num traje de ouro. O povo atirava-se ao chão, escondendo a face, mas eu não o imitei. Fiquei de pé junto à tenda dum vendedor de tâmaras e esperei. Quando o Imperador me viu, levantou as sobrancelhas pintadas e esperou. Permaneci muito calma e não o venerei. O povo maravilhou-se da minha ousadia e aconselhou-me a fugir da cidade. Sem lhe prestar atenção, fui sentar-me com os vendedores de deuses estranhos, que são abominados em virtude do seu ofício. Quando lhes disse o que tinha feito, cada um deles me ofertou um deus e me pediu que o deixasse.

"Nessa noite, como eu estivesse deitada num coxim da casa de chá, que é na rua das Romãs, os guardas do Imperador entraram e conduziram-me ao palácio. Quando entrei, fecharam todas as portas atrás de mim e, em cada uma, puseram uma corrente de ferro. Lá dentro, havia um grande pátio, com uma arcada em toda a roda. As paredes eram de alabastro branco, em que se engastavam, aqui e ali, telhas azuis e verdes. Os pilares eram de mármore verde e o pavimento duma espécie de mármore cor de flor de pessegueiro. Nunca vira nada assim em minha vida.

"Quando passei através do pátio, duas mulheres cobertas de véus olharam-me de uma varanda e amaldiçoaram-me. Os guardas estugaram o passo, e os cotos das suas lanças soaram nas lajes polidas. Abriram um portão de marfim trabalhado e encontrei-me num jardim de sete terraços, onde abundavam as tulipas, as margaridas e os aloés raiados de prata. Como delgada vara de cristal, pendia do ar melancólico a água duma fonte. E num dos ciprestes, que eram como tochas apagadas, cantava um rouxinol.

"Ao fundo do jardim, havia um pequeno pavilhão, donde, como nos aproximássemos, vieram dois eunucos ao nosso encontro. Seus corpos gordos balançavam-se enquanto caminhavam e eles olharam para mim com seus olhos de pálpebras amarelas. Um deles chamou de parte o capitão da guarda e segredou-lhe qualquer coisa. O outro mascava pastilhas de cheiro, que tirava, com gestos afetados, duma caixa oval de esmalte lilás.

"Momentos depois, o capitão despediu os soldados, que voltaram para o palácio; seguiram-nos os eunucos, que caminhavam lentamente, colhendo amoras doces nas amoreiras por que passavam. Uma vez, o mais velho dos dois olhou-me e sorriu-me com um sorriso mau.

"Então o capitão da guarda impeliu-me para a entrada do pavilhão. Avancei sem tremer e, afastando a pesada cortina, entrei.

"O jovem Imperador estava estendido num divã de peles de leão tingidas, com um falcão empoleirado no pulso. Atrás dele estava um núbio de elmo de bronze, nu até a cintura, com pesados brincos nas orelhas rasgadas. Numa mesa, ao lado do divã, via-se uma forte cimitarra de aço.

"Quando o Imperador me viu, franziu o sobrolho e perguntou:

"— Qual é o teu nome? Não sabes que sou o Imperador desta cidade?

"Eu, porém, nada lhe respondi. Ele apontou com o dedo para a cimitarra, e o núbio, empunhando-a, despediu-me um golpe com grande violência. A lâmina silvou através de mim e não me feriu. O homem caiu por terra e, quando se levantou, seus dentes batiam de terror e foi esconder-se atrás do seu senhor.

"O Imperador ergueu-se, por sua vez, e, tomando uma lança, arremessou-a contra mim. Apanhei-a no ar e quebrei-a em duas. Disparou-me uma seta, mas levantei as mãos e detive-a. Então, ele tirou um punhal do seu cinto de couro branco e apunhalou o núbio na garganta, com receio de que o criado fosse contar a sua desonra. O homem torceu-se como uma cobra pisada e aflorou-lhe aos lábios uma espuma vermelha.

"Logo que ele morreu, o Imperador voltou-se para mim, depois de limpar o suor da fronte com um pequeno lenço bordado de seda cor de púrpura, e perguntou:

"— És um profeta ou filho de um profeta, para que eu não possa ferir-te? Peço-te que deixes a cidade esta noite, porque, enquanto nela permaneceres, não serei o seu senhor.

"Respondi-lhe:

"— Assim farei por metade do teu tesouro. Dá-me metade do teu tesouro, e partirei.

"Ele pegou-me na mão e conduziu-me ao jardim. Quando o capitão da guarda me viu, estarreceu de espanto. E, logo que os eunucos me viram, os joelhos tremeram-lhes e eles caíram por terra, de pavor.

"Há uma câmara no palácio que tem oito paredes de pórfiro encarnado e o teto de escamas de bronze, donde pendem muitas lâmpadas. O Imperador tocou numa das paredes e ela se abriu, e descemos um corredor iluminado por muitas tochas. Em nichos, de ambos os lados, havia grandes jarros para vinho, cheios até a borda de moedas de prata. Quando chegamos ao centro do corredor, o Imperador disse a palavra que não deve ser dita e uma porta de granito girou numa mola secreta e ele pôs as mãos diante da face, para que os olhos não se ofuscassem.

"Não podes imaginar que lugar maravilhoso era aquele. Havia grandes conchas de tartaruga cheias de pérolas e enormes feldspatos ocos, empilhados de rubis. Ouro em barra estava guardado em arcas de pele de elefante e, o em pó, em garrafas de couro. Havia opalas e safiras, aquelas em taças de cristal, estas em taças de jade. Esmeraldas redondas e verdes estavam dispostas em ordem sobre delgados pratos de marfim e a um canto havia sacos de seda, cheios uns de turquesas, outros de berilos. Os dentes de marfim estavam cheios de ametistas cor de púrpura e as cornucópias de bronze, de calcedônias e sárdios. Das colunas, que eram de cedro, pendiam cordões de pedras amarelas. Nos escudos ovais, havia carbúnculos cor de vinho e cor de relva. E, contudo, disse-te apenas uma parte mínima do que lá havia.

"E, quando o Imperador tirou as mãos da face, disse-me:

"— Esta é a minha Casa do Tesouro e metade do que nela está é teu, como te prometi. E dar-te-ei camelos e condutores, que te obedecerão e levarão a tua parte para qualquer ponto do mundo onde desejes ir. E isso se fará esta noite, porque não quero que o sol, que é meu pai, veja que há na minha cidade um homem que eu não possa matar.

"Mas eu lhe respondi:

"— O ouro que está aqui é teu, e tua a prata, e tuas são as joias preciosas. Quanto a mim, para nada me servem. Nem receberei de ti coisa alguma, a não ser o anel que usas no dedo da tua mão!

"E o Imperador franziu a testa.

"— É apenas um anel de chumbo — exclamou — e não tem valor algum. Toma, pois, metade do tesouro e sai da minha cidade.

"— Não! — respondi. — Nada tomarei, senão esse anel de chumbo, porque sei o que está escrito nele e para que fim.

"O Imperador tremeu e suplicou-me:

"— Toma todo o tesouro e sai da cidade. A metade que é minha será tua também.

"Então fiz uma coisa estranha. Mas o que fiz não importa, porque, numa caverna que fica apenas a um dia de viagem deste lugar, escondi o Anel da Riqueza. É apenas a um dia de viagem deste lugar e espera por ti. Quem possuir esse anel será mais rico que todos os reis do mundo. Vem, pois, e toma-o e a riqueza do mundo será tua."

Mas o jovem pescador riu-se.

— O amor é melhor que a riqueza — exclamou — e a minha sereia me ama.

— Mas nada há melhor que a riqueza — disse a alma.

— O amor é melhor — disse o jovem pescador.

E a alma, chorando, afastou-se por sobre os pântanos.

E, quando passou o terceiro ano, a alma desceu à costa e chamou o pescador. E ele subiu e perguntou:

— Por que me chamas?

E a alma respondeu:

— Aproxima-te, para que possa falar-te, porque vi coisas maravilhosas.

E ele se aproximou, deitou-se na água pouco profunda, apoiou a cabeça na mão e escutou. E a alma disse-lhe:

— Numa cidade que eu sei, há uma estalagem que fica na beira de um rio. Estive lá sentada com os marinheiros que bebiam vinho de duas cores e comiam pão de cevada e peixe salgado, servido em folhas de louro, com vinagre. E, quando estávamos sentados e nos divertíamos, entrou um velho com um tapete de couro e um alaúde, que tinha dois chifres de âmbar. E, depois de pôr o tapete no chão, feriu com uma palheta as cordas do alaúde e uma rapariga de rosto velado entrou e começou a dançar diante de nós. Tinha o rosto coberto por um véu de gaza, e os pés, descalços, moviam-se sobre o tapete, como duas pombas brancas. Nunca vi nada tão maravilhoso, e a cidade onde ela dança é apenas a um dia de viagem deste lugar.

Ora, quando o pescador ouviu as palavras da sua alma, lembrou-se de que a sereia não tinha pés e não podia dançar. E um grande desejo o invadiu e disse para consigo: "Se é apenas um dia de viagem, posso voltar para o meu amor." E riu-se, pôs-se em pé na água pouco profunda e avançou para a costa.

E, quando chegou à praia, riu-se de novo e estendeu os braços à alma. E a alma soltou um grande grito de alegria, correu ao seu encontro e entrou nele, e o jovem pescador viu estendida à sua frente, na areia, a sombra do corpo, que é o corpo da alma. E a alma disse-lhe:

— Vamo-nos daqui sem demora, que os deuses do mar são ciumentos e têm monstros que obedecem às suas ordens.

Apressaram-se, pois, e toda aquela noite caminharam sob o luar, e todo o dia seguinte caminharam sob o sol, e na noite desse dia chegaram a uma cidade. E o pescador perguntou à alma:

— É esta a cidade em que dança aquela de que me falaste?

E a alma respondeu:

— Não é esta cidade, mas sim outra. Entremos, contudo.

E, assim, entraram e percorreram as ruas, e, quando passaram pela rua dos Joalheiros, o jovem pescador viu uma bela taça de prata exposta numa tenda. E a alma disse-lhe:

— Toma aquela taça de prata e esconde-a.

E ele tomou a taça, escondeu-a nas dobras da sua túnica e saíram apressadamente da cidade. E, quando iam a uma légua da cidade, o jovem pescador franziu a testa, arremessou a taça e disse à sua alma:

— Por que me disseste que tirasse esta taça e a escondesse, se era uma coisa má?

Mas a alma respondeu-lhe:

— Acalma-te, acalma-te!

E na noite do segundo dia chegaram a uma cidade, e o pescador perguntou à alma:

— É esta a cidade em que dança aquela de que me falaste?

E a alma respondeu-lhe:

— Não é esta cidade, mas sim outra. Entremos, contudo.

E, assim, entraram e percorreram as ruas e, quando passaram pela rua dos Vendedores de Sandálias, o pescador viu uma criança junto dum jarro de água. E a alma disse-lhe:

— Bate naquela criança.

E ele bateu na criança até ela chorar e, depois de ter feito isto, saíram apressadamente da cidade. E, quando iam a uma légua da cidade, o jovem pescador encolerizou-se e disse à alma:

— Por que me mandaste bater na criança, se era uma coisa má?

Mas a alma respondeu-lhe:

— Acalma-te, acalma-te!

E na noite do terceiro dia chegaram a uma cidade, e o jovem pescador disse à alma:

— É esta a cidade em que dança aquela de que me falaste?

E a alma respondeu-lhe:

— Talvez seja nesta cidade; vamos, pois, entrar.

Entraram. Em parte alguma, porém, podia o jovem pescador encontrar o rio ou a estalagem que lhe ficava ao pé. E o povo da cidade olhava-o com curiosidade e ele teve medo e disse para a alma:

— Vamo-nos embora, porque não está aqui aquela que dança com pés brancos.

Mas a alma respondeu-lhe:

— Não; fiquemos, porque a noite está escura e há ladrões no caminho.

Então, ele se sentou no mercado a descansar, e algum tempo depois passou por ali, com uma capa de pano da Tartária, um mercador que levava uma lanterna feita dum chifre furado, na ponta duma cana nodosa. E o mercador perguntou-lhe:

— Por que estás sentado no mercado, se vês que as tendas estão fechadas e os fardos, amarrados?

E o jovem pescador respondeu-lhe:

— Não consigo achar estalagem nesta cidade nem tenho parente que me dê abrigo.

— Não somos nós todos parentes? — disse o mercador. — E não foi um único Deus que nos criou? Vem, pois, comigo, que eu tenho um quarto de hóspedes.

E o pescador levantou-se e seguiu o mercador à sua casa. E quando, depois de passar por um pomar de romãs, entrou na casa, o mercador trouxe-lhe água de rosas numa bacia de cobre, para que lavasse as mãos, e melões maduros para matar a sede, e pôs diante dele uma tigela de arroz e uma fatia de cabrito assado. E quando ele acabou, o mercador conduziu-o ao quarto de hóspedes e disse-lhe que dormisse e descansasse. E o jovem pescador agradeceu-lhe, beijou-lhe o anel que tinha na mão e deitou-se nos tapetes de pele de cabra tingida. E depois de se ter coberto com uma pele de cordeiro preto, adormeceu. E três horas antes da aurora, enquanto era ainda noite, a sua alma acordou-o e disse-lhe:

— Levanta-te, vai ao quarto em que dorme o mercador, mata-o e tira-lhe o ouro, porque precisamos dele.

E o jovem pescador levantou-se e dirigiu-se furtivamente ao quarto do mercador; sobre os pés deste havia uma espada curva e, ao lado, uma bandeja contendo nove bolsas de ouro. E ele estendeu a mão e tocou na espada. O mercador acordou e, pondo-se em pé dum salto, agarrou na espada e gritou:

— Pois tu pagas o bem com o mal e pagas com o derrame do sangue a bondade que tive para contigo?

E a alma disse ao pescador:

— Abate-o!

Ele o abateu, pegou as nove bolsas de ouro e saiu apressadamente pelo pomar das romãs e voltou a face para a estrela que era a estrela da manhã.

E, quando iam a uma légua da cidade, o pescador bateu no peito e disse para a sua alma:

— Por que me mandaste matar o mercador e tirar o seu ouro? Não há dúvida de que és má.

Mas a alma respondeu-lhe:

— Tem calma, tem calma!

— Não — respondeu o pescador. — Eu não posso ter calma, porque odeio tudo o que me obrigaste a fazer. E também a ti odeio e exijo que me digas por que me fizeste proceder assim.

E a alma respondeu-lhe:

— Quando me expulsaste de ti, não me deste coração; por isso aprendi a fazer estas coisas e gosto delas.

— Que dizes tu? — murmurou o pescador.

— Tu sabes — respondeu a alma —, tu bem sabes. Esqueces-te que não me deste coração? Não creio. Não te preocupes, pois, nem me apoquentes, porque não há dor de que te não libertes nem prazer que não venhas a receber.

E quando o jovem pescador ouviu estas palavras, tremeu e disse à sua alma:

— Mas tu és má e fizeste-me esquecer o meu amor e tentaste-me com tentações e puseste os meus pés no caminho do pecado.

E a alma respondeu-lhe:

— Esqueces-te que me mandaste para o mundo e não me deste coração? Vem; vamos para outra cidade divertir-nos, porque temos nove bolsas de ouro.

Mas o jovem pescador tomou as nove bolsas de ouro, atirou-as por terra e pisou-as.

— Não! — exclamou. — Nada mais quero contigo, nem contigo viajarei mais; mas, assim como uma vez te despedi, agora te despeço de novo, porque não fizeste nenhum bem.

E voltou as costas à lua e, com a pequena navalha que tinha um cabo de pele de víbora verde, procurou cortar dos pés aquela sombra do corpo, que é o corpo da alma. A alma, contudo, não se mexeu nem lhe prestou atenção, antes lhe disse:

— O feitiço que a bruxa te ensinou já não te serve mais, porque eu não posso deixar-te, nem tu podes expulsar-me. Uma vez na vida pode o homem expulsar a alma, mas aquele que a recebe de novo tem de guardá-la consigo para sempre e é este o seu castigo e a sua recompensa.

E o jovem pescador empalideceu, cerrou os punhos e disse:

— A bruxa foi falsa, porque não me disse isso.

— Não! — respondeu a alma. — Foi verdadeira para aquele que adorava e cuja serva sempre será.

E quando o jovem pescador soube que não mais poderia libertar-se da sua alma, que era má e que para sempre moraria com ele, deitou-se por terra e chorou amargamente.

E quando o dia nasceu, o jovem pescador levantou-se e disse para a sua alma:

—Vou amarrar as minhas mãos, para que não possa fazer o que me mandas, e fechar os lábios, para que não possa dizer as tuas palavras e voltar para o lugar onde mora aquela que amo. Voltarei ao mar e à pequena baía onde ela costuma cantar e chamá-la-ei e lhe direi o mal que fiz e o mal que me fizeste.

E a alma tentou-o, dizendo:

— Quem é o teu amor, para que voltes para ele? O mundo tem muitas mais formosas. Há as bailarinas da Samaria, que dançam à maneira de todas as aves e de todos os animais. Têm os pés pintados com tinta de alfeneiro e nas mãos pequenos guizos de cobre. Riem enquanto dançam e o seu riso é tão claro como o riso da água. Vem comigo que tas mostrarei. Pois a que vem essa tua preocupação a respeito das coisas do pecado? Não são feitas para o que come as coisas agradáveis de comer? Acaso há veneno no que é doce de beber? Não te amofines, pois, e vem comigo para outra terra. Existe aqui perto uma cidade em que há um jardim de tulipas. E nesse jardim habitam pavões brancos e pavões de peito azul. As suas caudas, quando as abrem ao sol, são como discos de marfim e como discos de ouro. E aquela que lhes dá de comer dança para seu deleite e umas vezes dança sobre as mãos e outras vezes dança sobre os pés. Tem os olhos pintados de antimônio e as narinas em forma de asas de andorinha. De um gancho, numa das suas narinas, pende uma flor talhada numa pérola. Ela ri enquanto dança e os aros de prata que lhe cercam os tornozelos tilintam como campainhas de cristal. Portanto, não te apoquentes mais e vem comigo a essa cidade.

Mas o jovem pescador não respondeu à sua alma, antes cerrou os lábios com o selo do silêncio e com uma corda amarrou as mãos e caminhou para o lugar donde tinha vindo, para a pequena baía onde o seu amor costumava cantar. E todo o caminho a alma o tentou, mas ele não respondeu, nem fez nenhuma das maldades que ela procurou levá-lo a fazer, tão grande era a força do amor que tinha dentro de si.

E quando chegou à praia, soltou as cordas das mãos, tirou dos lábios o selo do silêncio e chamou a sereia. Mas ela não veio ao seu chamamento, embora ele a chamasse e suplicasse todo o dia.

E a alma escarneceu-o, dizendo:

— Não há dúvida de que tirou pouco prazer do teu amor. És como alguém que em tempo de escassez deita água num vaso quebrado. Dás o que tens e nada recebes em troca. Melhor seria viver comigo, porque sei onde fica o Vale do Prazer e as coisas que lá existem.

Mas o jovem pescador não respondeu à sua alma, antes construiu uma casa de vimes na fenda duma rocha e ali morou pelo espaço de um ano. E todas as manhãs chamava pela sereia; e quando o sol ia alto, chamava-a de novo e repetia o seu nome todas as noites. Contudo, nunca ela veio do fundo do mar ao seu encontro, nem em lugar algum do mar pôde encontrá-la, embora a buscasse nas cavernas e na água verde, nas lagoas que deixa a maré e nos poços que há no fundo do mar.

E sempre a sua alma o tentou com o mal e lhe segredou coisas terríveis. Contudo, nunca o venceu, tão grande era a força do seu amor. E quando passou um ano, a alma pensou dentro dele: "Tentei o meu amo com o mal e o seu amor foi mais forte que eu. Tentá-lo-ei com o bem e poderá ser que ele me acompanhe."

E assim falou ao jovem pescador:

— Contei-te as alegrias do mundo e tu fizeste ouvidos de mercador. Deixa agora que te diga as dores do mundo e talvez me escutes. Pois, em verdade, a dor é senhora deste mundo e não há ninguém que escape à sua rede. Há quem não tenha roupa e quem não tenha pão. Há viúvas vestidas de púrpura e viúvas envoltas em trapos. Sobre pauis caminham leprosos e são cruéis uns para os outros. Os mendigos sobem e descem as estradas, com as sacolas vazias. Pelas ruas das cidades caminha a Fome; e a Peste senta-se às suas portas. Vem, vamos corrigir essas coisas e fazer com que elas não existam. Por que havias de ficar aqui, chamando o teu amor, se ele não acode ao teu chamamento? E que coisa é o amor, para que tanto o estimes?

Mas o jovem pescador nada lhe respondeu, tão grande era a força do seu amor. E todas as manhãs chamava a sereia e, quando o sol ia alto, chamava-a de novo e repetia o seu nome todas as noites. Contudo, nunca ela veio ao seu encontro, nem ele pôde encontrá-la em lugar algum, embora a procurasse nos rios do mar e nos vales que estão sob as ondas, no mar que a noite tinge de púrpura e no mar que a aurora deixa cinzento.

E quando passou um segundo ano, a alma disse ao pescador, numa noite em que ele estava sozinho, na sua casa de vimes:

— Ai! Já te tentei com o mal e já te tentei com o bem e o teu amor foi mais forte que eu. Portanto, não te tentarei mais, mas peço-te que me deixes entrar no teu coração, para que eu e tu sejamos um só, como outrora.

— Decerto que podes entrar — disse o pescador —, porque muito deves ter sofrido nos dias em que correste o mundo sem coração.

— Ai de mim! — gritou a alma. — Não posso encontrar lugar por onde entre, tão cheio de amor está esse teu coração.

— Contudo, gostaria de poder ajudar-te — disse o pescador.

E, enquanto ele falava, veio do mar um grande grito de dor, o grito que os homens ouvem quando morre um habitante do mar. E o jovem pescador pôs-se em pé dum salto, deixou a casa de vimes e correu para a costa. E as ondas negras corriam para a praia, trazendo com elas uma carga, que era mais branca que a praia. Branca como a espuma era ela e como uma flor se balouçava nas ondas. E a ressaca tomou-a às ondas e a espuma tomou-a à ressaca e a praia recebeu-a; e, jazendo aos seus pés, viu o pescador o corpo da sua sereia. Morta aos seus pés, jazia ela.

Chorando como alguém que uma grande dor atormenta, ele caiu por terra, ao seu lado, e beijou-lhe a boca vermelha e fria, brincou com o âmbar molhado dos seus cabelos. Rojou-se ao seu lado, na areia, chorando como alguém que treme de alegria e, com os seus braços tostados, apertou-a de encontro ao peito. Frios eram os seus lábios e, contudo, ele beijou-os. Salgado era o mel dos seus cabelos, e ele provou-o com uma alegria amarga. Beijou as pálpebras fechadas; e a espuma do mar que sobre ela secara era menos salgada que as suas lágrimas.

E confessou-se à pobre morta. Nas conchas dos seus ouvidos, derramou o vinho acre do seu conto. Pôs-lhe as mãos pequeninas à volta da sua própria cabeça e tocou-lhe com os dedos no junco delgado do pescoço. Amarga, amarga era a sua alegria e cheia de estranha alegria a sua dor.

O mar aproximava-se e a espuma branca gemia como um leproso. Com garras brancas de espuma, o mar tateava a areia. Do palácio do Rei do Mar veio de novo o grito fúnebre, e lá longe, sobre o mar, os grandes tritões sopravam asperamente as suas trompas.

— Foge! — disse a alma. — Cada vez o mar se aproxima mais e, se te demoras, matar-te-á. Foge, que eu tenho medo, pois vejo o teu coração fechado contra mim, por causa do teu grande amor. Foge para lugar seguro. Com certeza não me quererás mandar sem coração para outro mundo!

Mas o jovem pescador não escutou a sua alma, antes chamou a sereia, dizendo:

— O amor é melhor que a sabedoria, mais precioso que a riqueza e mais belo que os pés das filhas dos homens. O fogo não pode destruí-lo, nem a água apagá-lo. Chamei por ti de madrugada e não vieste ao meu chamamento. O sol alto ouviu o teu nome e, contudo, não me deste atenção, porque maldosamente eu te deixara e vagueara para longe, por meu mal. Contudo, sempre o teu amor esteve comigo e sempre fui forte e nada pôde vencê-lo, embora eu tenha olhado para o bem e tenha olhado para o mal. E agora, que estás morta, quero morrer contigo.

E a sua alma suplicou-lhe que partisse, mas ele não quis, tão grande era o seu amor. E o mar aproximou-se e procurou cobri-lo com as ondas e, quando ele viu que o fim estava perto, beijou loucamente os lábios frios da sereia e estalou o coração que tinha dentro de si. E, como o coração se quebrasse pela grandeza do seu amor, a alma entrou nele e de novo com ele fez um só, como outrora. E o mar cobriu com as suas ondas o jovem pescador.

* * *

E, de manhã, o padre saiu, a benzer o mar, que tinha sido perturbado. E com ele foram os monges e os músicos e os portadores de círios e os incensadores e grande companhia. E quando o padre chegou à costa e viu o jovem pescador afogado na ressaca, tendo bem apertado nos braços o corpo da sereia, recuou, franzindo o sobrolho, e, depois de ter feito o sinal da cruz, disse alto:

— Não benzerei o mar, nem nada do que nele está. Malditos sejam os habitantes do mar e malditos aqueles que com eles têm trato. E, quanto àquele que pelo seu amor renega Deus e aqui jaz com a sua morta por juízo do Senhor, pegai no seu corpo e no da sua amante e enterrai-os no Campo dos Pisoeiros e não ponhais sobre eles qualquer marca ou sinal, para que ninguém saiba o lugar em que repousam. Porque malditos foram em suas vidas e malditos serão também na sua morte.

O povo fez como ele ordenou e num canto do Campo dos Pisoeiros, onde não cresciam ervas doces, abriram funda vala e nela lançaram os dois mortos.

Quando passou o terceiro ano, num dia santo, o padre subiu à capela para mostrar ao povo as feridas do Senhor e falar-lhe sobre a ira de Deus.

Paramentado, entrou na capela e curvou-se diante do altar; viu que o altar estava coberto de flores estranhas, como jamais vira. A sua beleza perturbou-o e o seu perfume suave afagou-lhe as narinas. E sentia-se contente e não sabia por que estava contente.

E, depois de ter aberto o tabernáculo e incensado a custódia que ele continha e mostrado a hóstia ao povo, ocultou-a de novo atrás do véu de véus e dirigiu-se ao povo, desejando falar-lhe da ira de Deus. Mas a beleza das brancas flores perturbou-o e o seu suave perfume afagou-lhe as narinas e outras palavras lhe vieram aos lábios e não falou da ira de Deus, mas do Deus cujo nome é Amor. E não sabia por que assim falava.

E quando acabou de falar, o povo chorava e o padre voltou para a sacristia com os olhos cheios de lágrimas. E os diáconos entraram e começaram a despi-lo e tiraram-lhe a alva e a faixa, o manípulo e a estola. E ele ficou como se sonhasse.

E depois de o terem desparamentado, olhou para eles e disse:

— Que flores são as que estão no altar e donde vieram?

E eles lhe responderam:

— Que flores são não sabemos dizer, mas vieram do canto do Campo dos Pisoeiros.

E o padre estremeceu e voltou a face e orou.

Na manhã seguinte, quando o dia mal despontava, saiu com os monges e os músicos e os portadores de círios e os incensadores e uma grande companhia e foi à praia e abençoou o mar e todos os seres que nele vivem. E abençoou também os faunos e os pequenos entes que dançam no bosque e os seres de olhos vivos que espreitam por entre as folhas. E abençoou todos os seres do mundo de Deus, e o povo estava cheio de alegria e de espanto. Contudo, nunca mais no Campo dos Pisoeiros nasceram flores de qualquer espécie, antes ficou estéril, como antes sempre fora.

Nem as sereias e tritões voltaram à baía, como costumavam, porque foram para outra parte do mar.

O FOGUETE NOTÁVEL

O filho do rei ia casar e o regozijo era geral. Esperara um ano inteiro pela noiva, mas ela chegara, por fim. Era uma princesa russa e viera da Finlândia num trenó puxado por seis renas. O trenó tinha a forma de um grande cisne dourado; e, deitada entre as asas do cisne, vinha a própria princesa. Sua longa capa de arminho chegava-lhe aos pés e tinha na cabeça um pequenino barrete de tecido prateado, e seu rosto era tão pálido quanto o Palácio de Neve em que sempre vivera. Era tão pálida que todos pasmavam quando ela passava pelas ruas.

— É como uma rosa branca — exclamavam; e atiravam-lhe flores das sacadas.

Ao portão do castelo, estava o príncipe para a receber. Tinha uns olhos sonhadores, cor de violeta, e seus cabelos eram como fino ouro. Quando a viu, pôs um joelho em terra e beijou-lhe a mão.

— O vosso retrato era belo — murmurou —, mas vós sois mais bela ainda!

E a princesinha corou.

— Há pouco era como uma rosa branca — disse um jovem pajem ao seu vizinho —, mas agora é uma rosa encarnada.

E toda a corte ficou encantada.

Durante os três dias seguintes, toda a gente repetia: "Rosa branca, rosa encarnada, rosa encarnada, rosa branca"; e o rei deu ordem para que o salário do pajem fosse dobrado. Como ele não recebia salário algum, de pouco lhe serviu isto, mas foi considerado uma grande honra e devidamente publicado no jornal da corte.

Passados três dias, celebrou-se o casamento. Foi uma cerimônia suntuosa e o noivo e a noiva caminhavam de mãos dadas sob um dossel de veludo cor de púrpura, bordado de pequeninas pérolas. Depois realizou-se um magnífico banquete, que durou cinco horas. O príncipe e a princesa sentaram-se ao cimo da grande sala e beberam por uma taça de fino cristal. Só os verdadeiros apaixonados podiam beber por ela, porque, se lhe tocavam lábios falsos, ficava cinzenta, escura e sombria.

— É claro que se amam — disse o pajem —, claro como cristal!

E, pela segunda vez, o rei lhe dobrou o salário.

— Que honra! — exclamavam todos os cortesãos.

Depois do banquete, devia haver um baile. O príncipe e a princesa deviam dançar a Dança da Rosa, e o rei prometeu tocar flauta. Tocava muito mal, mas ninguém jamais ousou dizê-lo, porque ele era o rei. Na realidade, conhecia apenas duas árias e nunca sabia ao certo qual estava a tocar. Isso, porém, pouco importava, porquanto fizesse o que fizesse, toda a gente exclamava:

— Encantador! Encantador!

O último número do programa era um grandioso fogo de artifício, que devia começar exatamente à meia-noite. A princesinha nunca tinha visto fogo de artifício na sua vida, de modo que o rei dera ordens para que o pirotécnico real estivesse de serviço no dia do casamento.

— Como é o fogo de artifício? — perguntava a princesa, numa manhã em que passeava no terraço.

— É como a aurora boreal — disse o rei, que respondia sempre às perguntas dirigidas às outras pessoas —; apenas muito mais natural. Pessoalmente, prefiro-o às estrelas, porque se sabe sempre quando vai aparecer, e é tão belo como o som da minha flauta. Haveis de ver.

Ao fundo do jardim real construíra-se uma grande barraca e, logo que o pirotécnico real pôs tudo em ordem, as diversas peças de fogo começaram a conversar entre si:

— O mundo é realmente muito bonito — exclamou um pequeno busca-pé. — Olhem para aquelas tulipas amarelas! Se fossem autênticos petardos, não seriam mais bonitas. Estou muito contente por ter viajado. Viajar abre-nos o espírito e faz-nos pôr de parte todos os nossos preconceitos.

— O jardim do rei não é o mundo, pateta! — disse uma grande vela romana. — O mundo é enorme e levarias três dias a vê-lo todo.

— O lugar que nós amamos é o nosso mundo — exclamou uma pensativa roda de fogo que se apaixonara pelo seu caixote e se orgulhava do seu coração despedaçado. — Mas o amor já não está em moda, porque os poetas mataram-no. Escreveram tanto sobre ele que ninguém os acreditava, o que não admira. O verdadeiro amor sofre em silêncio. Lembro-me de que uma vez... Mas isto não importa. O romance pertence ao passado.

— Disparate! — exclamou a vela romana. — O romance nunca morre. É como a lua e vive para sempre. O noivo e a noiva, por exemplo, amam-se muito. Ouvi toda a sua história de um cartucho cinzento que estava, por acaso, na mesma gaveta que eu e sabia as últimas notícias da corte.

Mas a roda de fogo abanou a cabeça.

— O romance morreu, o romance morreu — murmurou.

Era uma dessas pessoas que acreditam que, à força de repetir uma coisa muitas vezes, ela acaba por ser verdadeira. De súbito, ouviu-se uma tosse seca e aguda e todos voltaram a cabeça. Vinha de um alto e desdenhoso foguete, que estava amarrado à ponta de uma alta cana. Tossia sempre, antes de falar, para atrair a atenção.

— Ham! Ham! — Fez ele.

E toda a gente escutou, exceto a roda de fogo, que abanava ainda a cabeça, murmurando:

— O romance morreu.

— Ordem! Ordem! — gritou um petardo; era um pouco político e sempre tivera um papel proeminente nas eleições, de modo que sabia as expressões parlamentares adequadas.

— Morto — balbuciou a roda de fogo ao adormecer.

Logo que o silêncio foi completo, o foguete tossiu pela terceira vez e começou. Falava com uma voz muito lenta e distinta, como se ditasse as suas memórias, e olhava sempre por cima do ombro da pessoa com quem falava. Tinha, realmente, uns modos muito distintos.

— Que felicidade para o filho do rei — observou — que o seu casamento calhe justamente no dia em que eu devo subir. Se tivesse sido antecipadamente combinado, não poderia ser melhor para ele; mas os príncipes têm sempre sorte.

— Valha-me Deus! — exclamou o pequeno busca-pé. — Julgava que era exatamente o contrário e que íamos arder em honra do príncipe.

— Talvez seja assim contigo — tornou o outro —; não duvido de que assim seja. Mas comigo é diferente. Eu sou um foguete muito ilustre e filho de pais ilustres. Minha mãe foi a mais célebre roda de fogo do seu tempo; era célebre pela sua dança graciosa. Quando fez a sua aparição em público, girou 19 vezes antes de se apagar e a cada volta atirava ao ar sete estrelas cor-de-rosa. Tinha mais de um metro de diâmetro e era feita da melhor pólvora. O meu pai era um foguete como eu e de origem francesa. Voou tão alto que receavam que ele não voltasse. Voltou, contudo, porque era bom, e fez uma descida brilhantíssima, numa chuva de ouro. Os jornais falaram dessa proeza em termos muito lisonjeiros. Até o pessoal da corte chamou-lhe a vitória da arte de "Pilotecnia".

— Pirotecnia, pirotecnia — disse o fogo de bengala. — Sei que é pirotecnia, porque o vi escrito na minha própria caixa.

— Pois eu disse "pilotecnia" — respondeu o foguete, com uma voz severa; e o fogo de bengala sentiu-se tão vexado que começou imediatamente a fanfarronar com os pequenos busca-pés, para mostrar que ainda era uma personagem de alguma importância.

— Ora, ia eu dizendo — continuou o foguete —, ia eu dizendo... que ia eu dizendo?

— Estava falando de si — disse a vela romana.

— Certamente. Eu sabia que estava discutindo qualquer assunto interessante, quando fui tão indelicadamente interrompido. Detesto a má-criação e os maus modos de qualquer gênero, porque sou extremamente sensível. Não há ninguém, em todo o mundo, tão sensível como eu, tenho a certeza absoluta.

— Que é uma pessoa sensível? — perguntou o petardo à vela romana.

— Uma pessoa que, pelo fato de ter calos, anda sempre a pisar as outras pessoas — respondeu baixinho a vela romana; e o petardo quase rebentou de riso.

— De que está rindo se me faz favor? — perguntou o foguete. — Eu não estou rindo.

— Estou rindo porque estou satisfeito — respondeu o petardo.

— É uma razão bastante egoísta. Que direito tem o senhor de estar satisfeito? Devia estar pensando nos outros. A dizer a verdade, devia estar pensando em mim. Estou sempre pensando em mim e espero que todos os outros façam o mesmo. É a isso que se chama simpatia. É uma bela virtude e eu a possuo em alto grau. Suponha, por exemplo, que me aconteça qualquer coisa esta noite! Que infelicidade seria para toda a gente. O príncipe e a princesa nunca mais seriam felizes e toda a sua vida conjugal ficaria estragada. Quanto ao rei, sei que nunca poderia consolar-se. Realmente, quando penso na importância da minha posição, quase me comovo até as lágrimas.

— Se quer dar prazer aos outros — exclamou a vela romana —, será melhor conservar-se enxuto.

— Decerto — concordou o fogo de bengala, que estava agora mais bem-disposto. — É apenas uma questão de bom senso.

— De bom senso, essa é boa! — disse o foguete, indignado. — Esquece-se de que eu nada tenho de plebeu e que sou muito ilustre. Qualquer um pode ter bom senso, contanto que não tenha imaginação. Mas eu tenho imaginação, porque nunca penso nas coisas tais como elas são; penso sempre nelas como inteiramente diferentes. Quanto a conservar-me enxuto, não há, evidentemente, ninguém aqui capaz de apreciar um temperamento emotivo. Felizmente para mim, não me importo. A única coisa que nos ampara através da vida é a consciência da imensa inferioridade de todos os outros e é este um sentimento que sempre cultivei. Mas nenhum de vós tem coração. Aqui estão a rir e a divertir-se, quando o príncipe e a princesa acabam de casar.

— E por que não? — exclamou um pequeno balão. — É um acontecimento feliz, e, quando eu subir ao ar, tenciono contá-lo às estrelas. Há de vê-las piscar o olho, quando lhes falar da formosa noiva.

— Ah! Que visão tão corriqueira da vida! — disse o foguete. — Mas é o que eu esperava. Não tendes nada lá dentro; sois ocos e vazios. Pois não vedes que o príncipe e a princesa podem ir viver numa região onde haja um rio profundo e podem ter um único filho, um menino de cabelos louros e olhos cor de violeta, como o príncipe; que o menino pode ir um dia passear com a preceptora e a preceptora adormecer debaixo de um sabugueiro; o pequenino pode cair no rio e morrer afogado. Que terrível desgraça! Que infelizes em perder o seu único filho! É horrível, na verdade! Nunca o poderei esquecer.

— Mas eles não perderam o seu único filho — disse a vela romana. — Nenhuma desgraça lhes sucedeu.

— Nunca eu disse o contrário — replicou o foguete. — Eu disse que podia acontecer. Se tivessem perdido o seu único filho, seria inútil falar mais nisso. Detesto as pessoas que choram pelo que não tem remédio. Mas, quando penso que podiam perder o seu único filho, isso afeta-me muito.

— Decerto! — exclamou o fogo de bengala. — O senhor é, realmente, a pessoa mais afetada que já conheci.

— E o senhor a pessoa mais grosseira que já conheci — disse o foguete. — E não pode compreender a minha amizade pelo príncipe.

— Como, se nem sequer o conhece? — rosnou a vela romana.

— Nunca disse que o conhecia — respondeu o foguete. — Creio que, se o conhecesse, não seria seu amigo. É muito perigoso conhecermos os nossos amigos.

— Era realmente melhor conservar-se enxuto — disse o balão. — É isso o mais importante.

— Muito importante para o senhor — disse o foguete. — Mas eu hei de chorar, se quiser.

E rebentou, realmente, num pranto que lhe inundou a vara como gotas de chuva e quase afogou dois pequenos escaravelhos, que pensavam em ir viver juntos e procuravam um local limpo e seco.

— Deve ser um temperamento muito romântico — disse a roda de fogo —, porque chora sem haver de quê.

E pensou no caixote, soltando um profundo suspiro.

Mas a vela romana e o fogo de bengala estavam indignados e gritavam:

— Charlatão! Charlatão!

Eram extremamente práticos e, sempre que discordavam de qualquer coisa, chamavam-lhe charlatão.

Depois nasceu a lua como um maravilhoso escudo de prata; as estrelas começaram a brilhar e um som de música veio do palácio. O príncipe e a princesa abriam o baile. Dançavam tão bem que os altos lírios brancos espreitavam pela janela para os ver e as papoulas vermelhas abanavam a cabeça e marcavam o compasso. Ouviram-se as dez horas, depois as 11, depois as 12 e, à última badalada da meia-noite, todos vieram para o terraço e o rei mandou chamar o pirotécnico real.

— Comece o fogo — disse o rei.

E o pirotécnico real fez uma profunda vênia e dirigiu-se ao fundo do jardim. Tinha consigo seis ajudantes e cada um deles levava um archote aceso na ponta de uma vara. Foi, realmente, um espetáculo magnífico.

— Zzz! Zzz! — fazia a roda de fogo, girando, girando.

— Pum! Pum! — fazia a vela romana; depois os pequenos busca-pés dançavam por toda parte e os fogos de bengala tingiram tudo de escarlate.

— Adeus — exclamou o balão, quando começou a subir, soltando pequenas centelhas azuis.

— Pam! Pam! — respondiam os petardos, que se divertiam imensamente.

Todos tiveram grande êxito, exceto o foguete ilustre. Estava tão úmido de ter chorado que não conseguia pegar fogo. A melhor coisa que ele tinha era a pólvora, e essa estava tão molhada das lágrimas que não servia para nada. Todos os seus parentes pobres, a quem não costumava falar sem um ar de desdém, subiram ao céu como maravilhosas flores de ouro com botões de fogo.

— Bravo! Bravo! — gritava a corte, e a princesinha ria de prazer.

— Com certeza me reservam para alguma grande ocasião — disse o foguete. — Não pode ser outra coisa.

E tomou um ar mais desdenhoso que nunca.

No dia seguinte, os operários vieram pôr tudo em ordem.

— É com certeza uma comissão — disse o foguete. — Vou recebê-los com a devida dignidade.

E pôs o nariz ainda mais no ar, franzindo severamente o sobrecenho, como se estivesse pensando em algum assunto importante. Os homens, porém, não repararam nele até o momento de se irem embora. Foi só então que um deles o viu.

— Olha — exclamou —, que péssimo foguete!

E atirou-o, por cima do muro, para o fosso.

— Péssimo foguete? Péssimo foguete? — disse ele, enquanto rodopiava pelo ar. — Impossível! Ótimo foguete foi o que o homem disse. Péssimo e ótimo têm um som muito parecido e, na verdade, querem dizer muitas vezes a mesma coisa.

E caiu na lama.

— Isto aqui não é muito cômodo — observou —, mas são, sem dúvida, algumas termas em moda e mandaram-me para aqui cuidar da minha saúde. Tenho, na verdade, os nervos muito abalados e preciso de repouso.

Então uma rãzinha de olhos vivos e casaco verde sarapintado nadou até ele.

— Um novo hóspede, pelo que vejo! — disse a rã. — No fim de contas, não há nada como a lama. Deem-me chuva e um fosso e sou feliz. Acha que choverá esta tarde? Eu espero que sim, mas o céu está muito azul e sem nuvens. Que pena!

— Ham! Ham! — tossiu o foguete; e continuou a tossir.

— Que linda voz a sua! — exclamou a rã. — É quase como a nossa, e a voz das rãs é, sem dúvida, o som mais musical do mundo. Esta noite, vai ouvir o nosso orfeão. Sentamo-nos no velho lago dos patos, junto à casa do rendeiro, e logo que nasce a lua começamos. É tão arrebatador que toda a gente fica acordada para nos ouvir. Ainda ontem ouvi a mulher do rendeiro dizer à mãe que não podia pregar olho de noite, por nossa causa. É muito agradável ser tão popular.

— Ham! Ham! — fez o foguete, com um modo irritado. Estava aborrecido por não poder dizer nada.

— Uma voz deliciosa, com efeito — continuou a rã. — Espero que vás até ao lago. Agora vou procurar minhas filhas. Tenho seis lindas filhas e receio muito que o lúcio as encontre. É um verdadeiro monstro e não teria a menor dúvida em fazer delas o pequeno almoço. Bom, adeus; gostei muito da nossa conversa, pode crer.

— Conversa! — exclamou o foguete. — Você falou todo o tempo. Isso não é conversa.

— Alguém tem de ouvir — disse a rã —, e eu gosto de fazer toda a despesa da conversa. Poupa-me tempo e evitam-se os argumentos.

— Mas eu gosto de argumentos — declarou o foguete.

— Espero que não — disse, complacentemente, a rã. — Os argumentos são extremamente ordinários, porque toda a gente na boa sociedade tem exatamente as mesmas opiniões. Adeus, mais uma vez; vejo além as minhas filhas.

E a rã partiu.

— Que pessoa mais irritante! — exclamou o foguete. — E tão mal-educada! Detesto as pessoas que falam sempre de si, como você, quando outra pessoa quer falar de si própria, como eu. Chamo a isso egoísmo, e o egoísmo é uma coisa absolutamente detestável, especialmente para pessoas como eu, que sou bem conhecido pelo meu caráter compassivo. Seria, na verdade, tomar-me por exemplo e não poderia ter melhor modelo. E devia aproveitar agora, já que tem esta oportunidade, porque eu volto em breve para a corte. Sou um grande favorito da corte. Na realidade, o príncipe e a princesa casaram-se ontem em minha honra, mas você não percebe nada destas coisas, é uma provinciana.

— Não vale a pena falar mais — disse uma libelinha que estava pousada no cimo de um grande junco castanho. — Não vale a pena, porque a rã foi-se embora.

— Tanto pior para ela — respondeu o foguete. — Eu não vou deixar de falar apenas porque ela não me dá atenção. Gosto de me ouvir falar. É um dos meus maiores prazeres. Tenho muitas vezes longas conversas comigo mesmo e sou tão inteligente que às vezes não compreendo uma só palavra do que digo.

— Então, devia dar lições de filosofia — disse a libelinha; e, abrindo um par de lindas asas de gaza, voou para o céu.

— Que estúpida em não ficar aqui! — disse o foguete. — Estou certo de que não tem muitas oportunidades como esta de cultivar o espírito. Mas não me importo. Gênios como o meu são sempre apreciados, mais cedo ou mais tarde.

E enterrou-se um pouco mais na lama.

Algum tempo depois, uma grande pata branca nadou até ele. Tinha penas amarelas e era considerada uma grande beleza, por causa dos seus meneios.

— Quá, quá, quá — disse ela. — Que feitio tão engraçado você tem! Posso perguntar se nasceu assim ou se foi de algum desastre?

— É evidente que viveu sempre no campo — respondeu o foguete —, já que não sabe quem sou eu. Contudo, desculpo a sua ignorância. Seria injusto esperar que as outras pessoas fossem tão notáveis como eu. Sem dúvida a surpreenderá saber que sou capaz de subir até o céu e de descer numa chuva de ouro.

— Não tenho isso em grande conta — disse a pata — porque não vejo que utilidade isso possa ter para quem quer que seja. Agora, se soubesse lavrar os campos como o boi ou puxar o carro como o cavalo ou guardar as ovelhas como o cão pastor, isso seria qualquer coisa.

— Ó criaturinha — disse o foguete num tom de voz muito altivo —, vejo que pertence às classes inferiores. Uma pessoa da minha posição nunca é útil. Temos certas prendas, o que é mais que suficiente. Pessoalmente, não simpatizo com qualquer indústria, menos ainda com essas indústrias que pareceu recomendar-me. Realmente, fui sempre de opinião de que o trabalho duro é simplesmente um refúgio das pessoas que não têm mais nada a fazer.

— Bem, bem — disse a pata, que era de caráter cordato e nunca discutia com ninguém. — Cada um tem os seus gostos. Espero, em todo caso, que venha fixar aqui residência.

— Não, de modo nenhum! — exclamou o foguete. — Sou apenas um visitante, um visitante ilustre. A verdade é que este lugar me parece um tanto enfadonho. Nem há aqui sociedade nem solidão. É um verdadeiro arrabalde. Devo, provavelmente, voltar para a corte, porque sei que estou destinado a causar sensação no mundo.

— Eu também pensei outrora em entrar na vida pública — observou a pata. — Há muitas coisas que estão reclamando uma reforma. Cheguei a presidir a uma assembleia, há algum tempo, onde condenávamos as coisas que não nos agradavam. O resultado não foi brilhante. Agora dedico-me à vida doméstica e olho pela família.

— Eu fui feito para a vida pública — disse o foguete —, aliás como todos os meus parentes, até os mais humildes! Sempre que aparecemos, causamos sensação. Pessoalmente, não apareço ainda, mas, quando aparecer, será um espetáculo magnificente. Quanto à vida doméstica, envelhece rapidamente e distrai-nos o espírito de coisas mais elevadas.

— Ah! Que belas são as coisas mais elevadas da vida! — disse a pata. — E isso faz-me lembrar que estou cheia de fome.

E desceu a corrente, dizendo:

— Quá, quá, quá.

— Venha cá! Venha cá! — gritou o foguete. — Tenho muitas coisas para lhe dizer.

Mas a pata não lhe deu atenção.

— Ainda bem que se foi — disse ele para consigo. — Tem, decididamente, uma mentalidade muito burguesa.

E, enterrando-se um pouco mais na lama, começou a pensar no isolamento dos gênios, quando dois meninos, com blusas brancas, vieram correndo pela margem, com uma cafeteira e algumas achas.

— Deve ser a comissão — disse o foguete — e tenho de tomar um aspecto muito digno.

— Olha! — exclamou um dos garotos. — Uma vara velha! Como veio aqui parar?

E tirou o foguete do fosso.

— Vara velha! — disse o foguete. — Impossível! Bela é que ele disse e bela é muito elogioso. Com certeza, toma-me por um dos dignitários da corte!

— Vamos pô-la na fogueira — disse o outro —; sempre ajuda a ferver a cafeteira.

E empilharam as achas, puseram o foguete por cima, e acenderam a fogueira.

— Magnífico — exclamou o foguete —, vão soltar-me com dia claro, para que toda a gente possa ver-me.

— Agora vamos dormir — disseram os meninos —, e, quando acordarmos, a cafeteira terá fervido.

E deitaram-se na relva e fecharam os olhos.

O foguete estava muito úmido, de modo que levou muito tempo a arder. Por fim, contudo, o fogo pegou-lhe.

— Agora, vou subir! — exclamou ele, esticando-se muito. — Bem sei que hei de ir mais alto que as estrelas, mais alto que a lua, mais alto que o Sol. Hei de ir tão alto que...

"Fcht! Fcht! Fcht!", e ele subiu aos ares.

— Delicioso! — exclamou. — Continuarei assim eternamente. Que grande êxito!

Mas ninguém o viu. Então, começou a sentir um curioso formigueiro por todo o corpo.

— Agora, vou explodir! — exclamou. — Vou incendiar o mundo e fazer tal barulho que durante um ano ninguém falará noutra coisa.

E explodiu, realmente. "Pum! Pum! Pum!" fez a pólvora.

— Não há dúvida!...

Mas ninguém o ouviu, nem sequer os dois meninos, que dormiam profundamente. Nesta altura, tudo o que restava dele era a vara, e essa caiu em cima de um ganso, que passava na borda do fosso.

— Santo Deus! — gritou o ganso. — Vai chover paus.

E atirou-se para a água.

— Eu bem sabia que havia de causar sensação — suspirou o foguete.

E apagou-se.

O filho da estrela

Uma vez dois pobres lenhadores voltavam para casa através dum grande pinheiral. Era no inverno e numa noite de frio agreste.

A neve formava no chão um espesso tapete e cobria os ramos das árvores; e a geada batia nos ramos tenros, de ambos os lados do caminho, quando eles passavam. Ao chegarem à torrente da montanha, acharam-na imóvel, suspensa no ar, porque a beijara o rei-gelo. Tão intenso era o frio, que nem as feras sabiam que fazer.

— Brr! — rosnava o lobo, ao abrir caminho por entre o matagal, com a cauda entre as pernas. — Está um tempo monstruoso. Por que não olha o governo para isto?

— Piu! Piu! Piu! — goijeavam os pintarroxos verdes. — A velha terra morreu e envolveram-na numa mortalha branca.

— A terra vai casar e este é o seu vestido de noiva — segredavam entre si as rolas. Seus pezinhos cor-de-rosa estavam enregelados, mas elas sentiam que o seu dever era encarar romanticamente a situação.

— Disparate! — uivava o lobo. — Digo-vos que a culpa é só do governo e comer-vos-ei, se não me acreditais.

O lobo tem um espírito muitíssimo prático e nunca lhe falta um bom argumento.

— Bem, pela minha parte — disse o pica-pau, que nascera filósofo — não preciso duma teoria atômica para explicar seja o que for. As coisas são o que são e agora está um frio horrível.

Estava, realmente, um frio horrível. Os pequenos esquilos, que viviam dentro do alto abeto, esfregavam os focinhos uns nos outros para se aquecerem; e os coelhos enroscavam-se nas suas tocas e não se arriscavam a olhar para fora. Os únicos que pareciam radiantes eram os grandes mochos. Tinham as penas enrijecidas pela geada, mas não se importavam e rolavam os grandes olhos amarelos, gritando uns para os outros, através da floresta:

— Tu-uí! Tu-uú! Tu-uí! Tu-uú! Que belo tempo temos agora!

Os lenhadores prosseguiam no seu caminho, soprando fortemente os dedos e calcando com as grandes botas ferradas a neve dura. Uma vez, caíram em uma funda cova, cheia de neve solta, e saíram tão brancos como os moleiros, quando giram as mós. De outra vez escorregaram no gelo duro e liso, porque a água do charco estava gelada, caiu-lhes a lenha dos feixes e tiveram de a apanhar e atar de novo. De outra vez ainda, pensaram que tinham se perdido no caminho e um grande terror os invadiu, porque sabiam que a neve é cruel para aqueles que adormecem nos seus braços. Mas entregaram-se ao bom São Martinho, que protege todos os viandantes, arrepiaram caminho e seguiram cautelosamente. Por fim, chegaram à orla da floresta e viram, lá longe, no vale, abaixo deles, as luzes da aldeia em que moravam.

Tão contentes ficaram, ao sentir-se salvos, que riram alto e a Terra pareceu-lhes uma flor de prata e a Lua, uma flor de ouro. Contudo, depois de se terem rido, logo ficaram tristes, porque se lembraram da sua pobreza, e um deles disse para o outro:

— Por que nos rimos, se vemos que a vida é para os ricos, e não para aqueles como nós? Antes tivéssemos morrido de frio na floresta ou alguma fera tivesse caído sobre nós e nos tivesse matado.

— Na verdade — disse o companheiro —, muito é dado a uns e pouco a outros. A injustiça dividiu o mundo e só a dor está bem-repartida.

Mas, enquanto lamentavam a sua miséria, uma estranha coisa aconteceu. Caiu do céu uma estrela muito bela e brilhante. Escorregou pelo céu, passando pelas outras estrelas na sua carreira, e, enquanto eles a contemplavam cheios de espanto, pareceu-lhes que ela mergulhou por trás duns salgueiros que ficavam junto a um redil, apenas à distância duma pedrada.

— Olha! Uma panela de ouro para quem a encontrar — exclamaram eles; e começaram a correr, tão sôfregos estavam pelo ouro.

E um deles corria mais que o companheiro, ultrapassou-o, abriu caminho através dos salgueiros e — maravilha! — havia realmente uma coisa de ouro pousada na neve branca. Correu para ela, curvou--se, pôs-lhe as mãos, e era uma capa de tecido de ouro, curiosamente trabalhada e dobrada em muitas pregas. E gritou para o companheiro que tinha encontrado o tesouro que caíra do céu. Quando o companheiro chegou, sentaram-se na neve e abriram as pregas da capa, para repartir o ouro. Mas, ai! Não havia ouro algum, nem prata, nem tesouro de qualquer espécie, mas apenas uma criancinha que dormia. E um deles disse ao outro:

— Amargo fim para a nossa esperança e triste sorte a nossa. Pois para que serve a um homem uma criança? Deixemo-la aqui e sigamos o nosso caminho, visto que somos pobres e temos os nossos filhos, cujo pão não podemos dar a outro.

Mas o companheiro respondeu-lhe:

— Não, é uma maldade deixar a criança morrer aqui na neve e, embora eu seja tão pobre como tu e tenha muitas bocas a alimentar e pouco caldo no caldeirão, vou levá-la para casa e a minha mulher tomará conta dela.

Então, com grande ternura, pegou a criança, embrulhou-a na capa para a proteger do frio cortante e desceu a montanha em direção à aldeia, enquanto o companheiro se maravilhava com a sua loucura e com a bondade do seu coração. Quando chegaram à aldeia, o companheiro disse-lhe:

— Se ficas com a criança, dá-me a capa, visto que combinamos repartir.

Mas ele lhe respondeu:

— Não, porque a capa não é minha nem tua, mas sim da criança.

E despedindo-se, dirigiu-se para casa e bateu à porta. Quando a mulher abriu a porta e viu o marido são e salvo, passou-lhe os braços à volta do pescoço, beijou-o, tirou-lhe das costas o feixe de lenha, sacudiu-lhe a neve das botas e pediu-lhe que entrasse. Mas ele lhe disse:

— Encontrei uma coisa na floresta e aqui a tens.

E ficou parado à soleira da porta.

— Que foi? — interrogou a mulher. — Mostra-ma, porque a casa está nua e precisamos de muitas coisas.

E ele retirou a capa e mostrou-lhe a criança, que dormia.

— Por Deus, homem! — murmurou ela. — Não te bastam já os nossos filhos, para que precises trazer outro para casa? Quem sabe se nos trará má sorte?

E zangou-se com ele.

— Mas esta é filha duma estrela — tornou ele; e contou-lhe a maneira estranha como a encontrara.

A mulher, porém, não se acalmava, antes troçou dele e gritou:

— Os nossos filhos não têm pão e havemos de sustentar os filhos dos outros? Quem é que cuida de nós? Quem nos dá de comer?

— Mas Deus olha até pelos pardais e dá-lhes de comer — respondeu ele.

— E os pardais não morrem de fome no inverno? — perguntou ela. — E agora não é inverno?

E o homem nada respondeu, mas não transpunha a soleira da porta. Um vento áspero da floresta entrou pela porta aberta e fez arrepiar a mulher. E ela disse:

— Não queres fechar a porta? O vento áspero entra-nos em casa e tenho frio.

— Numa casa onde um coração é duro, não entra sempre um vento agreste? — perguntou ele.

E a mulher não respondeu, mas aproximou-se do fogo. E algum tempo depois voltou-se para ele e tinha os olhos cheios de lágrimas. Então ele correu para ela e pôs-lhe a criança nos braços. Ela beijou-a e pô-la numa caminha onde dormia o mais novo dos seus filhos. E, na manhã seguinte, o lenhador pegou na curiosa capa de ouro e guardou-a numa arca; e a mulher tirou uma cadeia de âmbar que a criança tinha ao pescoço e guardou-a na mesma arca.

* * *

Assim, o filho da estrela foi criado com os filhos do lenhador e sentava-se com eles à mesma mesa, jogava com eles os mesmos jogos. E cada ano se fazia mais belo, enchendo de admiração todos os que viviam na aldeia, porque, enquanto eles eram trigueiros e de cabelo preto, ele era delicado como marfim e os anéis do seu cabelo eram da cor do narciso. Também os lábios eram como as pétalas duma flor vermelha, os olhos como violetas junto de um rio de água pura, e o seu corpo como o narciso de um campo onde não chega o segador.

Contudo, a beleza tornou-o mau, porque se fez altivo, cruel e egoísta. Desprezava os filhos do lenhador e as outras crianças da aldeia, dizendo que eram de baixa origem, enquanto ele era nobre, porque nascera de uma estrela; e fez-se senhor deles, chamando-lhes seus escravos. Não tinha piedade dos pobres nem dos cegos, estropiados e aflitos, antes lhes atirava pedras e os expulsava para a estrada, mandando-os pedir pão a outro lado. A tal ponto que ninguém, a não ser os proscritos, vinha duas vezes pedir esmola a esta aldeia. Era, na verdade, enamorado da beleza e troçava dos menos favorecidos. Amava a si próprio e, no verão, quando os ventos estavam calmos, costumava deitar-se à beira do poço do pomar do vigário e olhar para a imagem do seu rosto maravilhoso, rindo do puro prazer que tinha na sua beleza.

Muitas vezes o lenhador e a mulher o censuravam, dizendo:

— Nós não te tratamos como tu tratas os infelizes e os que não têm quem os socorra. Por que és tão cruel para com todos os que necessitam de piedade?

Muitas vezes o velho pároco mandou-o chamar e procurou ensinar-lhe o amor por todos os seres vivos, dizendo:

— A mosca é tua irmã, não lhe faças mal. As aves bravias que vagueiam pela floresta têm a sua liberdade; não as roubes para teu prazer. Deus fez o verme e a toupeira e cada um tem o seu lugar. Quem és tu para levares a dor ao mundo de Deus? Até o gado dos campos o adora.

Mas o filho da estrela não dava atenção a estas palavras, antes franzia o sobrolho e troçava delas, voltando a dirigir os seus companheiros. E os companheiros seguiam-no, porque ele era belo e veloz e sabia dançar e tocar. E, sempre que o filho da estrela os guiava, eles seguiam-no e faziam tudo o que lhes mandava fazer. Quando ele furava com uma cana aguçada os olhos da toupeira, eles riam; e quando atirava pedras aos leprosos, riam também. Em todas as coisas ele os guiava e fizeram-se, como ele, duros de coração.

* * *

Ora, passou um dia pela aldeia uma pobre mendiga. Trazia os vestidos rotos, os pés sangravam do duro trilho que pisavam e metia dó. Muito cansada, sentou-se debaixo dum castanheiro para repousar. Mas, quando o filho da estrela a viu, disse para os companheiros:

— Olhem! Ali está uma horrível mendiga, sentada debaixo daquela bela árvore de folhas verdes. Vamos expulsá-la de lá, porque é feia e suja.

Então, aproximou-se, atirou-lhe pedras e escarneceu-a; e ela olhou-o com horror nos olhos, sem desviar dele o olhar. E, quando o lenhador, que rachava toros ali perto, viu o que fazia o filho da estrela, veio a correr e censurou-o, dizendo:

— Na verdade, és duro de coração e não conheces a piedade, pois que mal te fez esta pobre mulher, para a tratares assim?

E o filho da estrela enrubesceu de cólera, bateu com o pé no chão e disse:

— Quem és tu para me interrogares sobre o que faço? Não sou teu filho, para te obedecer.

— Dizes a verdade — tornou o lenhador —; contudo, tive piedade de ti, quando te encontrei na flóresta.

E, quando a mendiga ouviu estas palavras, soltou um grande grito e desmaiou. O lenhador levou-a para casa, sua mulher tratou dela e, quando ela veio a si do desmaio, deram-lhe de comer e de beber, para que se reconfortasse. Mas ela não quis comer nem beber e disse ao lenhador:

— Disseste que a criança foi encontrada na floresta? Faz dez anos no dia de hoje?

E o lenhador respondeu:

— Sim, foi na floresta que a encontrei, faz hoje dez anos.

— E que sinais encontraste com ela? — perguntou a mendiga. — Tinha ao pescoço uma corrente de âmbar? Estava embrulhada numa capa de tecido de ouro, bordada de estrelas?

— Na verdade — respondeu o lenhador — foi exatamente como dizes.

Tirou a capa e a corrente da arca e mostrou-lhas. Quando ela as viu, chorou de alegria e disse:

— É o meu filhinho, que perdi na floresta. Peço-te que mandes chamá-lo depressa, porque em busca dele andei a pé por todo o mundo.

Então o lenhador e sua mulher saíram a chamar o filho da estrela, dizendo-lhe:

— Vai para casa e ali encontrarás tua mãe, que te espera.

E ele correu, cheio de admiração e alegria. Mas, quando viu quem o esperava, riu de troça e disse:

— Onde está minha mãe? Não vejo aqui ninguém além daquela miserável mendiga.

E a mulher respondeu-lhe:

— Sou eu a tua mãe.

— És louca! — gritou, irado, o filho da estrela. — Não sou teu filho, pois és uma feia e esfarrapada mendiga. Sai, pois, daqui, para que eu não veja mais a tua face hedionda.

— Mas tu és, na verdade, o meu filho, que levei para a floresta! — gritou ela, caindo de joelhos e estendendo-lhe os braços. — Os ladrões roubaram-te e abandonaram-te depois, para que morresses — murmurou ela —, mas eu te reconheci quando te vi e também reconheci estes sinais, a capa de tecido de ouro e a corrente de âmbar. Peço-te, pois, que venhas comigo, que caminhei por todo o mundo em busca de ti. Vem comigo, meu filho, porque preciso do teu amor.

Mas o filho da estrela não se mexeu do seu lugar, antes fechou as portas do seu coração contra ela; e nenhum som se ouvia, a não ser os soluços da mulher que chorava de dor. Por fim, ele lhe falou e a sua voz era dura e amarga:

— Se, na verdade, és a minha mãe — disse ele —, era melhor que te tivesses conservado longe e não viesses aqui para me encher de vergonha, pois eu julgava ser filho de uma estrela, e não filho de uma pedinte, como dizes que sou. Sai, pois, daqui, que não te quero ver mais.

— Ai, meu filho! — gritou ela. — Não me queres beijar, antes de partir? Sofri muito para te encontrar!

— Não! — disse o filho da estrela. — Tu és repelente; mais depressa beijaria a víbora ou o sapo.

Então a mulher levantou-se e partiu para a floresta, chorando amargamente. E quando o filho da estrela viu que ela tinha partido, correu muito contente para junto dos companheiros, a brincar com eles.

Estes, porém, quando o viram chegar, troçaram dele, dizendo:

— És tão feio como o sapo e tão asqueroso como a víbora. Sai daqui, porque não deixaremos que brinques conosco.

E expulsaram-no do jardim. O filho da estrela franziu o sobrolho e disse consigo:

— Que dizem eles? Vou ver-me na água do poço e ela me dirá da minha beleza.

E foi até junto do poço, olhou para a água e — ai! — o seu rosto era como a face do sapo e o seu corpo tinha escamas como a víbora. Atirou-se para a relva e chorou dizendo consigo:

— Decerto isto me aconteceu por causa do meu pecado; porque reneguei a minha mãe e expulsei-a e fui para ela altivo e cruel. Irei, pois, procurá-la por todo o mundo e não descansarei enquanto não a encontrar.

E então chegou ao pé dele a filhinha do lenhador, pôs-lhe a mão no ombro e disse:

— Que importa que perdesses a tua beleza? Fica conosco e eu não troçarei de ti.

E ele lhe disse:

— Mas eu fui cruel para com minha mãe e este mal caiu sobre mim como justa punição. Portanto, partirei daqui e vagarei pelo mundo até que a encontre e ela me dê o seu perdão.

E correu para a floresta, chamando a mãe para que viesse até ele, mas não obteve resposta. Todo o dia chamou por ela e, quando o sol se pôs, deitou-se para dormir numa cama de folhas. As aves e os bichos fugiam, porque se lembravam da sua crueldade, e ele ficou sozinho, vigiado por um sapo e por uma víbora, que lentamente rastejou até o local.

De manhã se levantou, colheu algumas bagas amargas das árvores, comeu-as e começou a caminhar através da grande floresta, chorando tristemente. E a tudo que encontrava perguntava se, por acaso, tinha visto a sua mãe. E disse à toupeira:

— Tu podes ir debaixo da terra. Diz-me se está lá a minha mãe.

E a toupeira respondeu:

— Tu cegaste os meus olhos. Como posso saber?

E disse ao milhafre:

— Tu podes voar para o cimo das altas árvores e ver todo o mundo. Dize-me: podes ver minha mãe?

E o milhafre respondeu-lhe:

— Tu me cortaste as asas para teu prazer. Como poderei voar?

E ao pequeno esquilo, que vivia num abeto e estava sozinho, perguntou:

— Onde está minha mãe?

E o esquilo respondeu-lhe:

— Tu mataste a minha. Acaso procuras a tua para a matar também?

E o filho da estrela chorou, curvou a cabeça e pediu perdão aos entes do Senhor, e continuou a percorrer a floresta, em busca da mendiga. E ao terceiro dia chegou ao outro lado da floresta e entrou na planície.

Quando passava nas aldeias, as crianças troçavam dele e atiravam-lhe pedras. Os camponeses nem sequer permitiam que ele dormisse nos celeiros, com receio de que lhes contagiasse o trigo, tão hediondo ele era. Os rendeiros expulsavam-no e ninguém tinha piedade dele. Também em parte alguma conseguiu obter notícias da mendiga sua mãe, embora durante três anos vagueasse pelo mundo e muitas vezes lhe parecesse vê-la na estrada em frente de si, a chamasse e corresse atrás dela, até as pedras dos caminhos lhe ensanguentarem os pés. Nunca, porém, conseguia alcançá-la; e os que moravam na beira do caminho sempre negavam tê-la visto, ou alguém que se lhe assemelhasse, e riam da sua dor.

Pelo espaço de três anos, vagueou pelo mundo e nunca houve para ele amor, nem carinho, nem piedade, antes era um mundo como o que ele próprio tinha feito, nos dias do seu grande orgulho.

Uma noite, chegou às portas de uma cidade de fortes muralhas, que ficava junto de um rio, e, embora cansado e com os pés doridos, preparou-se para entrar. Mas os soldados que estavam de guarda vedaram-lhe a entrada com as suas alabardas e disseram-lhe asperamente:

— Que vens fazer nesta cidade?

— Procuro minha mãe — respondeu ele — e peço-vos que me deixeis entrar, porque pode ser que ela esteja na vossa cidade.

Mas escarneceram-no e um deles cofiou a barba preta, pousou o escudo e exclamou:

— Na verdade, tua mãe não ficará alegre quando te ver, porque és mais feio que o sapo dos pântanos ou que a víbora que rasteja nos pauis. Vai-te! Tua mãe não mora nesta cidade.

E um outro, que tinha na mão uma bandeira amarela, acrescentou:

— Quem é tua mãe e por que a procuras?

E ele lhe respondeu:

— Minha mãe é uma mendiga como eu e eu tratei-a mal; por isso vos peço que me deixeis passar, para que ela me dê o seu perdão, se, por acaso, morar nesta cidade.

Eles, porém, não lhe deram atenção e espicaçaram-no com os chuços. E, quando ele se afastava chorando, um soldado cuja armadura estava embutida de flores douradas e em cujo cimo estava representado um leão alado, aproximou-se e perguntou aos soldados quem era aquele que pedira entrada. E eles lhe responderam:

— É um mendigo, filho duma mendiga, e nós expulsamo-lo.

— Fizestes mal — exclamou ele, rindo —, porque podemos vendê--lo como escravo, pelo preço de um piche de bom vinho.

E um velho de má catadura, que passava por ali, chamou o menino e disse-lhe:

— Eu to comprarei por esse preço.

E, depois de o ter pago, pegou o filho da estrela pela mão e levou--o para a cidade. Após terem caminhado por muitas ruas, chegaram a uma pequena porta encravada num muro, que uma romãzeira cobria. O velho tocou na porta com um anel de jaspe, a porta abriu-se e eles desceram cinco degraus de bronze até um jardim cheio de papoulas negras e jarros verdes de barro cozido. O velho tirou, então, do turbante um lenço de seda estampada, vendou com ele os olhos do filho da estrela e empurrou-o à sua frente. E, quando lhe tiraram a venda dos olhos, o filho da estrela encontrou-se numa masmorra, alumiada por uma lanterna de chifre.

O velho colocou-lhe à frente um pedaço de pão bolorento e disse: — Come! — E uma taça com água salobra e disse: — Bebe! — E depois de ele ter comido e bebido, o velho saiu, fechando a porta atrás de si e prendendo-a com uma corrente de ferro.

Na manhã seguinte, o velho, que era na verdade o mais sutil dos mágicos da Líbia e tinha aprendido a sua arte com outro que habitava nas tumbas do Nilo, aproximou-se dele, franziu a testa e disse:

— Num bosque que fica perto das portas desta cidade há três moedas de ouro. Uma é de ouro branco, outra de ouro amarelo e é vermelho o ouro da terceira. Hoje me trarás a moeda de ouro branco, e, se não a trouxeres, castigar-te-ei com cem vergastadas. Parte depressa e ao pôr do sol esperarei por ti à porta do jardim. Vê bem se me trazes o ouro branco, ou zangar-me-ei contigo, pois és meu escravo e te comprei pelo preço de um piche de vinho.

E vendou os olhos do filho da estrela com um lenço de seda estampada e conduziu-o através da casa, através do jardim de papoulas e pelos cinco degraus de bronze. E, depois de abrir a porta com o seu anel, colocou-o na rua.

O filho da estrela saiu pelas portas da cidade e chegou ao bosque de que o mágico lhe falara.

Ora, esse bosque era muito belo, visto por fora, e parecia cheio de aves canoras e flores perfumadas, e o filho da estrela entrou nele alegremente. Contudo, a beleza pouco lhe aproveitava, porque, onde quer que passasse, os espinhos nasciam no chão e rodeavam-no, as urtigas picavam-no e o cardo espetava-lhe os seus picos, fazendo-o sofrer. Em parte alguma, porém, encontrava a peça de ouro branco de que falara o mágico, embora a procurasse de manhã ao meio-dia e do meio-dia ao pôr do sol. E ao pôr do sol começou a caminhar para casa, chorando amargamente, porque sabia a sorte que o esperava.

Porém, quando chegou à orla da floresta, ouviu um grito que vinha de um tufo de árvores. E, esquecendo a sua própria dor, correu para aquele lugar e viu uma lebrezinha apanhada numa armadilha, que algum caçador ali tinha colocado. E o filho da estrela teve piedade dela, libertou-a e disse-lhe:

— Embora eu seja apenas um escravo, dou-te a liberdade.

E a lebre respondeu-lhe, dizendo:

— Na verdade, deste-me a liberdade; que queres que te dê em troca?

E o filho da estrela disse-lhe:

— Procuro uma moeda de ouro branco e não a encontro em parte alguma. Se não a levar ao meu senhor, ele me espancará.

— Vem comigo — disse a lebre —, eu te levarei até ela, porque sei onde está escondida e com que fim.

Assim, o filho da estrela foi com a lebre e — maravilha! — na fenda dum grande carvalho viu a moeda de ouro branco que procurava. Cheio de alegria, pegou-a e disse à lebre:

— O serviço que te prestei pagaste-mo com outro cem vezes maior e a bondade que tive para ti retribuíste-ma centuplicada.

— Não — respondeu a lebre —, apenas te tratei como me trataste.

E fugiu velozmente.

E o filho da estrela dirigiu-se para a cidade. Ora, à porta da cidade estava sentado um leproso. Cobria-lhe a face um capuz de linho cinzento e os seus olhos brilhavam como duas brasas. Quando ele viu o filho da estrela aproximar-se, bateu numa tigela de pau, tocou a campainha e chamou por ele, dizendo:

— Dá-me uma moeda, ou morrerei de fome. Expulsaram-me da cidade e não há ninguém que tenha piedade de mim.

— Ai de mim! — gritou o filho da estrela. — Eu tenho apenas uma moeda na minha algibeira e, se não a levar ao meu senhor, ele me baterá, porque sou seu escravo.

O leproso, porém, continuou a suplicar, até que o filho da estrela teve dó e lhe deu a moeda de ouro branco. E, quando chegou à casa, o mágico abriu-lhe a porta, levou-o para dentro e perguntou-lhe:

— Tens a moeda de ouro branco?

E o filho da estrela respondeu-lhe:

— Não a tenho.

Então o mágico caiu sobre ele, batendo-lhe; pôs diante dele uma gamela vazia e disse-lhe:

— Come! — E pôs-lhe diante uma taça vazia e disse-lhe: — Bebe! — E de novo o atirou para a masmorra.

Na manhã seguinte, o mágico apareceu-lhe e disse:

— Se não me trouxeres hoje a moeda de ouro amarelo, guardar-te-ei como meu escravo, dando-te cem vergastadas.

O filho da estrela foi para a floresta e todo o dia procurou a moeda de ouro amarelo, sem poder encontrá-la em parte alguma. Ao pôr do sol, sentou-se e começou a chorar. E, enquanto chorava, aproximou-se dele a lebrezinha que salvara da armadilha. E a lebre disse-lhe:

— Por que choras? E que procuras na floresta?

— Procuro uma moeda de ouro amarelo que está escondida e, se não a encontrar, o meu senhor me baterá e me guardará como escravo.

— Segue-me! — exclamou a lebre; e correu através do bosque até chegar a uma poça de água. E no fundo da poça estava a moeda de ouro amarelo.

— Como hei de agradecer-te? — disse o filho da estrela. — É esta a segunda vez que me socorres.

— Mas foste tu que primeiro tiveste piedade de mim — disse a lebre, e afastou-se rapidamente.

E o filho da estrela pegou a moeda de ouro amarelo, guardou-a na algibeira e correu para a cidade. Mas o leproso viu-o, veio ao encontro, ajoelhou e disse-lhe:

— Dá-me uma moeda ou morrerei de fome.

E o filho da estrela respondeu-lhe:

— Tenho no bolso apenas uma moeda de ouro amarelo e, se não a levar ao meu senhor, ele me baterá e me guardará como escravo.

Mas o leproso pediu-lhe tanto que o filho da estrela lhe deu a moeda de ouro amarelo. E, quando chegou à casa, o mágico abriu-lhe a porta, levou-o para dentro e perguntou-lhe:

— Trazes a moeda de ouro amarelo?

E o filho da estrela respondeu-lhe:

— Não a trago.

Então, o mágico caiu sobre ele, bateu-lhe, carregou-o de cadeias e atirou-o de novo para a masmorra. Na manhã seguinte, o mágico apareceu e disse:

— Se hoje me trouxeres a moeda de ouro vermelho, libertar-te-ei, mas, se não ma trouxeres, por certo te hei de matar.

Então, o filho da estrela partiu para o bosque e todo o dia procurou a moeda de ouro vermelho e em parte alguma a conseguiu achar. À tardinha, sentou-se e chorou; e, enquanto chorava, chegou ao pé dele a lebre e disse-lhe:

— A moeda de ouro vermelho que procuras está na caverna atrás de ti. Enxuga, pois, as tuas lágrimas e alegra-te.

— Como hei de recompensar-te? — perguntou o filho da estrela. — É a terceira vez que me socorres.

— Mas foste tu que primeiro tiveste piedade de mim — respondeu-lhe a lebre; e afastou-se velozmente.

E o filho da estrela entrou na caverna e, no canto mais remoto, encontrou a moeda de ouro vermelho. Guardou-a na algibeira e apressou-se a regressar à cidade. E o leproso, vendo-o chegar, parou no meio da estrada e disse-lhe:

— Dá-me a moeda de ouro vermelho, ou morrerei.

E o filho da estrela de novo teve piedade dele e deu-lhe a moeda de ouro vermelho, dizendo-lhe:

— A tua necessidade é maior que a minha.

Contudo, o seu coração estava angustiado, porque sabia a má sorte que o esperava.

Mas — ai! — ao passar pelas portas da cidade, os guardas curvaram-se e veneraram-no, dizendo:

— Que belo é o nosso senhor!

E uma multidão de cidadãos seguiu-o, exclamando:

— Por certo não há nenhum tão belo em todo o mundo.

E o filho da estrela chorou, dizendo consigo:

— Troçam de mim e escarnecem da minha miséria.

E tão grande era a multidão que ele se perdeu no caminho e se encontrou por fim numa grande praça, onde estava o palácio do rei. E o portão do palácio abriu-se e os clérigos e altos funcionários da cidade correram ao seu encontro e curvaram-se diante dele, dizendo:

— Tu és o nosso senhor, por quem esperávamos, e o filho do nosso rei.

E o filho da estrela respondeu-lhes:

— Não sou filho de nenhum rei, mas sim o filho duma pobre mendiga. E como dizeis que sou belo, se eu sei que sou horrível?

Então, aquele cuja armadura estava embutida de flores douradas e em cujo elmo estava pintado o leão alado, ergueu um escudo e exclamou:

— Como podeis, senhor, dizer que não sois belo?

E o filho da estrela olhou e — maravilha! — seu rosto era como outrora, a beleza lhe voltara e viu com seus olhos o que antes não tinha visto. E os clérigos e altos funcionários se ajoelharam e disseram:

— De há muito estava profetizado que hoje chegaria aquele que há de governar-nos. Portanto, que o nosso senhor aceite esta coroa e este cetro e que seja, na sua justiça e mercê, nosso rei.

Mas ele lhes disse:

— Eu não sou digno, porque reneguei a minha mãe e não poderei descansar até que a encontre e receba o seu perdão. Portanto, deixai-me partir, porque é preciso que eu vagueie pelo mundo e não posso demorar-me aqui, embora me ofereçais a coroa e o cetro.

E, enquanto falava, voltou a face para a rua que conduzia às portas da cidade e entre a turba que se comprimia em volta dos soldados viu a mendiga que era sua mãe e, ao seu lado, o leproso que se sentava na beira da estrada. Um grito de alegria rompeu dos seus lábios; correndo, ajoelhou diante da mãe, beijou-lhe as feridas dos pés e banhou-os com as suas lágrimas. Tocou com a cabeça o pó da estrada e, soluçando, como alguém a quem o coração se despedaça, disse-lhe:

— Mãe, eu te reneguei na hora do meu orgulho. Aceita-me na hora da minha humildade. Mãe, eu te dei ódio. Dá-me teu amor. Mãe, eu te repeli. Recebe agora o teu filho.

Mas a mendiga não lhe respondeu. E ele estendeu as mãos, agarrou os pés brancos do leproso e disse-lhe:

— Três vezes te favoreci. Pede à minha mãe que me fale uma vez.

Mas o leproso não lhe respondeu. E ele soluçou de novo, dizendo:

— Mãe, o meu sofrimento é maior do que posso suportar. Dá-me o teu perdão e deixa-me voltar para a floresta.

E a mendiga pôs-lhe a mão na cabeça e disse-lhe:

— Levanta-te!

E o leproso pôs-lhe a mão na cabeça e disse-lhe:

— Levanta-te!

Ele se levantou, olhou-os, e eram um rei e uma rainha.

E a rainha disse-lhe:

— Este é o teu pai, que tu socorreste.

E o rei disse:

— Esta é tua mãe, cujos pés banhaste com as tuas lágrimas.

E abraçaram-no e beijaram-no e levaram-no para o palácio; vestiram-lhe um belo traje e puseram-lhe uma coroa na cabeça e um cetro na mão, e ele reinou na cidade que ficava na beira do rio. Mostrou muita justiça e bondade para todos; expulsou o mágico ruim, mandou muitos e ricos presentes ao lenhador e à mulher deste e concedeu grandes honras aos seus filhos. Não deixou que alguém fosse cruel para uma ave ou para um animal; ensinou o amor, a bondade e a caridade; aos pobres deu pão, vestiu os nus e houve paz e fartura na terra.

Contudo, não reinou muito tempo, tão grande tinha sido o seu sofrimento e tão amargo o fel da sua provação. Depois de três anos, morreu. E aquele que lhe sucedeu reinou cruelmente.

Conheça os títulos da Coleção Clássicos de Ouro

132 crônicas: cascos & carícias e outros escritos — Hilda Hilst
24 horas da vida de uma mulher e outras novelas — Stefan Zweig
50 sonetos de Shakespeare – William Shakespeare
A câmara clara: nota sobre a fotografia — Roland Barthes
A conquista da felicidade — Bertrand Russell
A consciência de Zeno – Italo Svevo
A força da idade — Simone de Beauvoir
A guerra dos mundos — H.G. Wells
A ingênua libertina — Colette
A mãe — Máximo Gorki
A mulher desiludida — Simone de Beauvoir
A náusea — Jean-Paul Sartre
A obra em negro — Marguerite Yourcenar
A riqueza das nações — Adam Smith
As belas imagens (e-book) — Simone de Beauvoir
As palavras — Jean-Paul Sartre
Como vejo o mundo — Albert Einstein
Contos — Anton Tchekhov
Contos de terror, de mistério e de morte — Edgar Allan Poe
Crepúsculo dos ídolos — *Friedrich Nietzsche*
Dez dias que abalaram o mundo — *John Reed*
Física em 12 lições — *Richard P. Feynman*
Grandes homens do meu tempo — Winston S. Churchill
História do pensamento ocidental — Bertrand Russell
Memórias de Adriano — Marguerite Yourcenar
Memórias de um negro americano — Booker T. Washington
Memórias de uma moça bem-comportada — Simone de Beauvoir
Memórias, sonhos, reflexões — Carl Gustav Jung
Meus últimos anos: os escritos da maturidade de um dos maiores gênios de todos os tempos — Albert Einstein
Moby Dick — Herman Melville
Mrs. Dalloway — Virginia Woolf
O banqueiro anarquista e outros contos escolhidos — Fernando Pessoa
O deserto dos tártaros — Dino Buzzati
O eterno marido — Fiódor Dostoiévski

O Exército de Cavalaria — Isaac Bábel
O fantasma de Canterville e outros contos — Oscar Wilde
O filho do homem — François Mauriac
O imoralista — André Gide
O muro — Jean-Paul Sartre
O príncipe — Nicolau Maquiavel
O que é arte? — Leon Tolstói
O tambor — Günter Grass
Orgulho e preconceito — Jane Austen
Orlando — Virginia Woolf
Os mandarins — Simone de Beauvoir
Retrato do artista quando jovem — James Joyce
Um homem bom é difícil de encontrar e outras histórias — Flannery O'Connor
Uma morte muito suave (e-book) — Simone de Beauvoir

Direção editorial
Daniele Cajueiro

Editora responsável
Ana Carla Sousa

Produção editorial
Adriana Torres
Júlia Ribeiro
Juliana Borel

Revisão
Luana Luz de Freitas

Diagramação
Futura
Bruno Cruz

Capa
Victor Burton

Este livro foi impresso em 2021
para a Nova Fronteira.